걸음이 모여
문장이 된다

걸음이 모여 문장이 된다

초판 1쇄 발행   2024년 7월 31일

지은이   박종민
펴낸이   정윤아
디자인   김태욱
펴낸곳   SISO

출판등록   2015년 01월 08일
이메일   siso@sisobooks.com
인스타그램   @sisobook_official
카카오톡채널   출판사SISO

© 박종민, 2024
정가   15,000원

ISBN 979-11-92377-35-3 03800

치열하게 걷고
간절하게 쓰는
사람의 이야기

걸음이 모여 문장이 된다

글·사진 박종민

siso

책을 두 권이나 냈지만 여전히 '작가'나 '시인'이란 호칭은 낯설고 어색하다. 글감을 궁리하거나 글을 쓸 때면 몰라도 대부분의 시간을 일상 생활자로 보내는 사람에게는 맞지 않는 옷일 뿐이다. 차라리 '산책자' 혹은 '걷는 사람(Mr. Walker)'이란 호칭이 더 무난해 보인다. 지금까지 길을 걸어왔고 앞으로도 계속 걸어야 하니까. 길을 걷다가 가끔 '작가'나 '시인'이 되듯 또 다른 무엇도 될 수 있으니 굳이 나를 특정한 무엇인가로 틀 속에 가둬놓고 싶지 않다.

길에 수많은 비밀이 숨어있을 줄 처음에는 몰랐다. 길을 걷는다는 것은 길의 비밀을 하나하나 발견해 가는 즐거운 여정이다. 길을 걸으면서 나를 알게 되고 인생에서 소중한 게 무엇인지를 알아가기 때문이다. 길을 걸으면서 좋은 인연들을 만나고 마음에 드는 공간들을 발견했다. 길을 걸으면서 고민의 무게를 줄이는 방법을 알았고 살아갈 힘을 얻었다. 지금까지 걸어온 길이 나를 만들었다고 해도 과언이 아니다.

걸으면서 여러 생각들이 찾아왔다. 어떤 생각들은 그냥 보내기 아까웠다. 내 안에 머물게 하기 위해서 문장의 힘을 빌렸다. 글은 생각을 문장으로 표현하는 일이기 때문에 길을 걸으면서 찾아온 생각들은 글로 연결되었다. 하지만 백지 위에 문장이 나갈 길을 내는 과정에서 자주 막혔다. 묵직한 돌덩이가 앞을 막고 있을 때는 한동안 멍한 상태로 바닥에 주저앉았다. 그럴 때는 밖으로 뛰쳐나가서 길을 걸었다. 어느 순간 길은 문장이 나갈 방향까지 머릿속에 보여주었다. 그렇게 쓰다 보니 책 한 권 분량의 글들이 모였다.

지난 2년 6개월 동안 틈틈이 브런치 스토리에 올린 글과 최근 SNS에 공개한 디카시들을 모아서 세상에 내놓는다. 길에서 보고 느끼고 만난 사물과 공간, 사건, 인연들에 대해 쓴 책이다. 대부분 혼자 걸었던 순간의 기록이지만, 지인 혹은 회사 동호회원들과 함께 걷고 나서 쓰기도 했다. 단순히, 걷기가 좋다거나 글쓰기에 대한 의미 부여를 하려고 책을 낸 것은 아니다.

걷고 글을 쓰면서 힘들었던 순간들을 잘 버텨낼 수 있었다. 구멍 났던 마음이 치유되기도 했고 앞으로 다시 발걸음을 옮길 수도 있었다. 무엇보다, 주말 휴일 하루는 반드시 어딘가를 걸었고, 동네 단골 카페에서 무엇인가를 쓰는 게 루틴이 되었다. 걷다가 우연히 발견했던 동네 책방이나 재래시장, 멋진 카페나 빵집, 미술관, 사위가 붉은색으로 번지는 해 질 녘이나 담장 위에서 이글거리는 덩굴장미들을 마주쳤던 순간···. 만약 걷지 않았다면 이런 기억에 남을 공간과 순간들을 쉽게 만나지 못했을 것이다.

"모든 생각은 걷는 자의 발끝에서 나온다"고 말한 철학자 니체의 표현처럼 글쓰기는 걷기로부터 나온다. 글쓰기는 결코 특정한 작가들만의 전유물이 아니다. 어릴 때 '일기'라는 자신의 글을 써본 경험은 누구나 가지고 있으니 새삼스런 일도 아니다. 글쓰기를 습관화하다 보면 조금씩 글은 나아질 것이다.

이 책을 읽고 나서 '나도 한번 해볼까?' 하고 자신의 걷기 일상을 쓰기 시작했다면 작가로서는 바랄 게 없다. 자신의 걸음이 문장이 된다는 생각으로 꾸준히 걷고 글로 남겨보자. 평생 남의 글만 읽고 지낼 수 없지 않은가?

브런치 글을 성의 있게 읽고 피드백해준 벗 김진수 군, 첫 책 출판 이후 줄곧 책 표지를 카톡 프사에 걸어주는 방식으로 무언의 응원을 해주신 임선주 부장님, 많은 길을 함께 걸어준 회사 내 취미반 '올레둘레'와' 백두대간' 동료들, 항상 따뜻한 관심과 배려로 힘을 주시는 김병기 대부님과 백운선 대표님 등 책이 나오기까지 많은 분이 격려와 응원을 아끼지 않으셨다. 이 지면을 빌려 감사의 인사를 드린다.

2부. 읽다

3부. 쓰다

4부. 묻다

1부

걷다

다시, 봄

청산에 살어리랏다(청산도 슬로길)

유난히 추웠던 겨울이었다. 추위가 짐을 싸고 있다. 남쪽 들녘에서는 봄소식이 들려온다. 벌써 올라올 때가 되었는데 기다리지 말고 만나러 가볼까? 기다려야만 한다는 법은 없으니까. 추위를 피해 물 건너 따뜻한 남쪽 나라는 가지 못하지만, 우리 땅에서 움직이는 것쯤은 가능하다. 내가 봄을 만나러 떠나겠다는 건 이유가 있었다. 다시 무언가를 새로 시작하고 싶은데 마음에 시동이 걸리지 않았다. 새해가 한 달이 지났음에도 마음과 몸은 여전히 움츠리고 있었다. '하던 대로 지내자고, 귀찮게 무얼 하냐고, 따스해지면 시작하자고.' 아직, 봄이 오지 않았다는 핑계였다. 스프링처럼 튀어 움직이게 하려면 1월 말고 봄이 와야 했다.

주말 오전, 완도를 향해 떠났다. 완도에서 배를 타고 다시 50분. 하늘과 산, 바다가 온통 푸르러서 '청산도'라 일컫는 섬에 도착했다. 길가의 돌 위에 그려진 이정표(푸른 물고기)를 따라갔다. 어딘가에 숨어 있다가 발걸음을 옮길 때마다 귀신같이 나타나 길을 안내했다. 푸른 물고기가 없었다면 자주 길을 잃고 헤맸을 것이다.

청산도 슬로길은 청산도항에서 출발해 섬을 한 바퀴 돌고 원점 회귀하는 11개 코스, 17개의 길이다. 총 길이가 42.195km라고 해서 마라톤 코스로 활용하나 싶었는데 길을 걷고 보니 마라톤을 할 만한 길은 아니다. 세상을 영원히 떠나고 싶은 사람이면 몰라도 목숨을 담보로 절벽 위의 해안길을 뛸 사람은 없을 테니까. 총 길이가 딱 42.195km는 아닐 테고 비슷한 수치라서 그리 표기했을 거라고 추측했다. 포기하지 말고 걸으라는 의미로.

길의 시작점인 미황길에서 서편제길을 지나 화령포길로 이어지는 1코스만 걷고도 구름 위를 걷는 기분이었다. 언덕 위에서 눈앞에 펼쳐진 하늘과 바다를 보고 있으니 설령 모르는 사람이 옆에 있더라도 부지불식간에 "여기 참 좋지요?" 하고 말 한마디 건네고 싶을 정도였다.

2코스 길의 이름은 '사랑길.' '사랑'을 드러내 놓고 길 이름으로 명명하는 건 처음 본다. 처음에는 거부감이 들었지만 '사랑길, 사랑길' 하고 중얼거려 보니 입에 착착 달라붙는다. 이런 길이라면 '사랑'이 왜 함부로 자기를 파냐고 불만을 가질 리도 없겠다. 사랑길은 옛날 청산도의 불타는 청춘들이 사람들 눈을 피해 마을을 벗어나서 사랑을 나누던 길이었다고 한다. 심오한 의미도 있었다. 길이 험해서 남녀가 같이 가면 손을 잡아주고 서로 의지하여 걷게 되어 나중에 사랑하는 사이가 된단다. 깎아지른 해안 절벽과 푸른 바다, 하늘이 사랑에 딱 빠지기 좋은 배경이다.

청산도는 임권택 감독의 영화 〈서편제〉를 통해 처음 알았다. 하지만 영화에서는 오히려 영화 자체의 스토리와 배우들의 혼이 담긴 연기에 빠져 청산도는 눈에 들어오지 않았다. 세계 슬로시티 연맹이 공식 인증했다는 '세계 슬로길 1호'라는 사실도 섬에 와서야 알았다. 슬로길을 한 바퀴 돌고 보니 기억에 남는 건 영화나 빛나는 간판이 아니라 길 자체였다. 길 앞에서는 모두 존재감이 없었다. 북쪽으로 떠나지 못하고 머뭇거리는 봄의 심정을 알 것 같았다.

다시, 봄이다. '다시'라는 말은 언제 들어도 반갑다. 기회를 줄 테니 지나간 시간은 잊고 희망을 품어 보라는 의미로 읽혀서일까. '다시'는 결국 '기회' 혹은 '희망'으로 연결되니까 말이다. 일상이 평온하게 유지되는 것도 어찌 보면 다시 시작하려는 의지 때문이다. 다시 일어나고, 다시 희망을 품고, 다시 길을 걷고, 다시 힘을 내고, 다시 사랑하기 좋은 계절 봄. 청산도에서 산과 바다, 하늘, 길을 통해 봄을 만나고 '다시'라는 내 마음의 근육도 단단해졌다. 봄만큼 '다시'와 궁합이 잘 맞는 단어도 없다.

나도 '다시' 시작이다!

푸른 물고기

예전에는
여기도 바다였구나

어쩌면 그리
거침없이 가는지

걷는 기쁨

걷기&길에 대한 단상

코로나 시기, 잘한 것을 하나만 꼽으라면 '꾸준한 걷기'다. 걷기에 걸신들린 사람처럼 일하고 밥 먹고 자는 시간 외에는 틈날 때마다 걸었다. 밤늦은 시간에도 그냥 잠들지 않고 하다못해 동네를 한 바퀴 돌거나 집 주변 공원을 걸었다. 만보계는 15,000보에서 25,000보 사이를 넘나들었다. 만보계 하루 목표를 20,000보로 설정하고 무조건 그 이상 걸으려고 했지만, 지금은 걸음 수를 의식하지 않는다. 의무감 없이 편안하게 걷는 게 맞다고 생각하는데, 어느 순간 목표에 끌려다니는 내가 보였기 때문이다.

길가에 핀 꽃이나 나무에 눈길을 주거나 엉뚱한 생각 한번 하지 않고 온통 목표 걸음 수 생각뿐이라니, 집에 러닝머신을 설치해 놓고 제자리걸음하는 것과 다를 게 없었다. 이건 아니지 싶어서 이젠 걸음 수나 목표를 의식하지 않고 걷는 과정 자체를 즐기고 있다.

나는 왜 걷기에 탐닉할까? 건강을 위해서? 반은 맞고 반은 틀리다. 적당한 수면, 적당한 식습관, 적당한 정신건강이 따라주지 않으면 걷기만으로 건강을 지킬 수 없다. 건강을 지키기 위한 최소한의 행위이지만 걷기의 효용을 건강을 지키는 것만으로 한정하기엔 아깝다.

걷는 동안은 집이나 카페, 사무실 등 폐쇄된 공간을 벗어나 열린 세상 속으로 들어가는 기분이다. 길에서 만나는 자연과 사람, 사물을 보며 앞으로 발걸음을 내딛는 것은 내가 살아있다고 선언하는 적극적인 표현 행위다. 지구의 한 모퉁이에 발걸음을 쿵쿵 내딛음으로써 수동적으로 살고 있는 것이 아니라 능동적으로 세상 속에 내가 존재하고 있음을 느낀다.

걸을 때 두뇌 활동도 활발해진다. 생각의 물꼬가 터지지 않아 막다른 골목에서 더 이상 나가지 못할 때 걷다 보면 길을 발견하기도 한다. 머리에 고민을 잔뜩 구겨 넣고 걷거나 어떤 목적을 가지고 걷는다면 걷기 자체를 즐길 수 없다. 덴마크 철학자 키에르케고르가 "걸으면서 날려버릴 수 없을 정도로 괴로운 생각은 없다"고 말했다지만 걷는 게 만병통치약은 아니다. 해결하기 힘든 문제가 걷는다고 해결되거나 아예 없어지지는 않을 테니까. 그럼에도 앉아서 고민만 하는 것보다는 무조건 걷는 게 좋다는 생각엔 변함이 없다. 걷는 동안 조금이라도 무게는 줄어들 테니까.

글쓰기에도 걷기는 천하무적의 힘을 발휘한다. 머릿속 생각 저장소가 바닥을 드러낸 상태에서는 노트북 화면만 바라본다고 글이 나오지 않는다. 이럴 땐 주저 없이 노트북을 끄고 밖으로 나간다. 머리도 식힐 겸 아무 생각 없이 걷다 보면 어느새 바닥에 생각이 고이기 시작한다. 글을 쓰는 사람은 걷기와도 친해야 한다.

다양한 길을 걷다 보니 내가 어떤 길을 좋아하는지 알게 되었다. 생각의 파도가 끊이지 않고 넘실대는 길, 걸으면서 자주 주변에 시선이 가는 길, 걷고 나서 깨달음이 하나라도 남는 길, 한 번 걷고 나서 다시 걷고 싶은 길, 언제라도 마음 편하게 걸을 수 있는 길이 그런 길이다. 그런 기준으로 볼 때 지금까지 가장 많이 걸은 우리 동네 길만큼 좋은 길도 없다. 집 근처, 북한산 둘레길이나 중랑천 꽃길이 항상 등을 내밀고 나를 기다리고 있다.

"오늘은 어느 길을 걸을까?"라는 질문을 "오늘은 어떤 하루를 보낼까?"로 바꾸어 보면 약간 비장해진다. 좋은 길만 골라서 걸을 수 없기 때문이다. 꽃길이든 험한 길이든 가리지 않고 당당하게 걸을 뿐이다. 어찌 되었든 걷는다는 건 살아 있는 자의 특권이고 축복이다.

짝
사
랑

그대에게 닿기 위해
천 리를 달려왔다

이제 보이나
요동치는 내 마음

섬진강을 읽다

곡성에서 구례까지

유독 섬진강만큼 문학과 가까운 강(江)이 있을까?

섬진강 하면 〈섬진강〉이라는 연작시를 발표했던 김용택 시인이 먼저 떠오르지만, 곽재구 시인의 시, 박경리 작가의 대하소설 『토지』 등 많은 문학 작품의 토양이나 배경이 되었다. 섬진강 물줄기가 지나가는 고장에서 배출된 문인이 어디 한둘인가? 임실의 김용택 시인, 곡성의 조태일 시인, 구례의 이시영 시인, 하동의 이병주 소설가, 정호승 시인, 내 책의 추천사를 써준 젊은 이병일 시인 등 어떤 분위기가 이런 문인들을 길러 냈을까 궁금했다.

몇 해 전, 곡성에서 구례까지 섬진강을 따라 걸었다. 영감이 찾아와 근사한 시상이라도 하나 떠오른다면 좋겠다 싶었다. 그것이 얼마나 무모한 생각이었는지 걷기 시작 후, 반나절도 되지 않아 깨달았지만. 영감이 오기는커녕 남아있는 기운조차 다 빠져나가는 느낌이었다. 길이 완전 극기 훈련 코스였다. 땡볕에서 걷다가 쓰러지는 줄 알았다.

여름날 걷기는 쥐약이란 사실을 간과한 탓이다. 강을 따라 걷는 사람에게 길은 그다지 친절하지 않았다. 나무 그늘을 벗어나면 햇살은 가차없이 온몸으로 파고들었다. "이 고생을 하러 여기 왔나" 하는 말이 입에서 맴돌았다. 초록 지대인 '침실 습지'를 지날 때는 눈이라도 시원했지만, 다리 표면에 구멍을 퐁퐁 낸 '퐁퐁 다리'를 건너고 나서부터 나무 그늘조차 인색했다. 내 기분 따위는 관심 없다는 듯 강은 아무 말 없이 자신의 길만 갈 뿐이었다. 도롯가에 세워진 '함께 나누는 길'이란 표지판의 문구조차 눈에 거슬렸다. 차와 자전거, 사람이 모두 통행 가능하다는 내용이었지만 이게 어디 땡볕에 사람이 걸을 만한 길인가. '함께'라니.

손에 들고 있던 생수병의 물이 바닥을 드러내고 다리가 후들거릴 때쯤 산 아래에 둥지를 튼 한옥 한 채가 눈에 들어왔다. 배산임수의 전형적인 명당에 자리 잡은 한옥 카페였다. 여길 오려고 이 고생을 했나 싶었다. 얼음 조각들이 동동 떠 있는 매실차를 앞에 놓고 멍하니 창밖을 바라보는 기분은 일단 좋았다. 강 쪽에서 간간이 불어오는 바람의 손길이 처마 밑에 걸린 풍경을 흔들 때마다 맑은 쇳소리가 톡톡 귀를 건드렸다. 마당 잔디에는 아이들이 자기 세상을 만난 듯 노루처럼 폴짝폴짝 뛰어다녔다. '힘들게 걷고 나니 이런 꿀맛이 있었네' 언제 힘들었냐는 듯 몸은 회복되었고 마음도 편안해져 걸어왔던 강 쪽을 바라보았다. 시 같은 순간이었다.

걷는 내내 강은 무거운 침묵을 입고 흐르기만 했다. 항상 그래왔듯이 바다를 향해 자기만의 속도로. 강가에서 나고 자란 시인이나 소설가들에게 강은 놀이터이고 일상의 친숙한 공간이었을 것이다. 오랜 시간을 함께 하며 강은 그들에게 좋은 글을 쓸 수 있도록 푸르고 넉넉한 마음을 품게 해주었을 거란 생각이 들었다.

그날 밤, 어두워지고 나서야 숙소 근처 섬진강과 보성강이 합류하는 압록유원지에 도착했다. 다리 아래에서 주위를 흔드는 물소리가 들려왔다. 섬진강과 보성강이 몸을 섞고 있는 절정의 함성이었다. 전라북도 진안군과 장수군의 경계인 팔공산 데미샘에서 발원해 전라도 곡성, 구례, 하동을 지나 남해로 나가는 약 200km 물줄기 섬진강과 보성군 일림산 선녀샘에서 발원한 길이 약 120km 보성강의 물줄기가 하나로 합쳐지는 몽환의 순간을 본 것이다. 사람은 자기 몫의 생명을 유지하며 끝까지 각자 주어진 운명을 걸어야 하는데, 물의 삶은 각자의 길을 걷다가도 하나가 되면 이것저것 따지지 않고 무조건 직진한다는 점에서 간결하고 명쾌해 보인다.

따뜻한 봄날 다시 천천히 걸어봐야겠다. 고작 이틀 동안만으로 섬진강을 제대로 보고 느꼈다고 할 수 없다. 그때는 진달래꽃 웃음 팡팡 터지듯 걸음걸음마다 시심이 쏟아져 나올지도 모를 일이다.

나
무
의

꿈

그댄 알고 있을까

걸을 수 있다는 게

얼마나 큰 축복인지

끝날 때까지 끝난 게 아니다

일상에서는 희망, 산에서는 안전

해가 바뀌었다고 어제 뜬 해와 오늘 뜬 해가 다를 리 있을까. 새해 첫날 새벽잠을 설치고 산을 오르는 일출 산행에는 그다지 의미를 부여하지 않는다. 어느 산이든 산에 오를 때마다 새로운 느낌이 들기 때문이다. 그렇다고 일출 산행을 폄하할 생각은 없다. 새해 첫 산행이라는 의미 부여와 새벽에 산을 오르겠다는 의지, 부지런함이 없다면 일출 산행은 누구든 꿈도 꾸지 못할 것이다.

새해 첫 주말, 산을 다녀왔다. 산행 출발지는 고양시 밤골 북한산 입구. 회사 등산 모임에서 신년 첫 산행지로 북한산 숨은벽능선을 정했다. 북한산 최고봉 백운대와 인수봉 사이에서 숨은 듯 보이지 않아 '숨은벽'이라고 부르는 능선이다.

우이동 쪽에선 보이지 않지만 반대쪽인 고양시 밤골 쪽에서 산을 오르다 보면 장엄한 모습이 아찔함을 느끼게 한다. 그 이름처럼 어마무시한 바위벽들이 시야에 들어오면 가슴을 철렁거리게 하는 북한산의 난코스 중 하나다. 모자와 장갑, 아이젠까지 챙기고 올라가는 김에 체력이 허락하면 백운대까지 갔다가 내려올 생각이었다.

신년 첫 산행이라 그런지 동료들의 표정도 예전보다 더 밝아 보였다. 헉헉거리며 오르다가 힘들면 바위에 걸터앉아 쉬고, 각자 준비해 온 간식을 나눠 먹고, 멋진 비경이 보이면 사진도 찍어주고…. 이런 과정들이 홀로 산행에서 느낄 수 없는 단체 산행의 묘미다. 아무리 바쁜 일이 있어도 매달 주말의 하루를 비워두는 이유이기도 하다. 오랫동안 회사 등산 모임에 참여하면서 발자국을 남긴 산도 늘어갔다. 등산 모임이 없었다면 설악산이나 소백산, 오대산, 지리산 등 전국의 명산들을 당일치기로 다녀올 엄두를 내지 못했을 것이다.

대절 버스를 타고 새벽 7시쯤 서울에서 출발하면 대부분의 명산은 당일 산행이 가능했다. 더구나 낯익은 동료들과 함께하니 어딜 가든 든든하다. 길을 잃거나 안전사고에 대한 위험도 그만큼 감소하니까. 단순히 산에 함께 다녀왔다는 기억만 남는 것이 아니다. 잊지 못할 추억부터 다시 떠올리고 싶지 않은 기억까지 머리에 차곡차곡 쌓인다.

지난해 산행만 보더라도 3월 남양주 예봉산과 6월 춘천 오봉산 등반에서 웃지 못할 해프닝들이 있었다. 예봉산은 처음 오르지만 그리 높지 않아 만만하게 보고 산행을 시작했는데 어찌나 가파른지 무겁게 발걸음을 옮겼다. 찌는 더위를 참아가며 가까스로 정상에 올라 잠시 쉬다가 거의 다 내려온 지점에서 정상에 상의 재킷을 놓고 온 걸 알게 되었다. 다시 올라갈 생각을 하니 앞이 캄캄했다. 생수 한 통 없이 기진맥진 푸념을 하며 거의 기다시피 해서 올라갔다. 다행히 벗어놓은 곳에 옷이 그대로 걸려있어서 찾아올 수 있었다. 그 이후, 예봉산은 다시 가고 싶지 않은 산이 되었다.

오봉산에서는 하산하고 나서 문제가 생겼다. 춘천과 화천 사이에 있는 배후령을 기점으로 오봉을 넘어 청평사까지 산행은 비교적 무난했다. 소양호를 건너기 위해 배를 타려고 선착장으로 가는 도중 갑자기 불어닥친 돌풍에 쓰고 있던 모자가 호수 근처 자갈밭 위로 날아간 것이다. 모자를 집으려고 바위에 발을 내딛는 순간, 미끄러져 중심을 잃고 상체가 기우뚱했다. 순간 얼굴을 보호해야겠다는 생각에 두 팔을 뻗고 자갈 위로 다이빙을 했다. 다행히 얼굴은 제외하고 팔다리만 상처투성이가 되었다. 한 달은 고생을 했다.

가장 기억에 남는 산행은 5년 전, 태백산 신년 등반이었다. 이때 아니면 태백산을 언제 가보나 싶어 절친한 대학 동창까지 불러서 함께 올랐다. 하산길에서 뒤에 처지는 후배 여직원들이 있어서 챙겨가며 내려가던 중 한 여직원이 바위에 미끄러져 발을 다쳤다. 혼자 걷기가 힘들어 보였다. 남자는 달랑 그 친구와 나뿐이었다. 친구에게 배낭을 맡기고 여직원을 부축하고 걸었다. 귀경하려는 버스가 주차장에서 대기하고 있던 상황이라 마음이 다급했다. 다친 후배는 통증을 참느라 힘든 표정이 역력했다. 다른 방법이 없어서 업히라고 했다. 후배는 그냥 걸어보겠다고 하더니 본인도 다른 방법이 없다고 생각했는지 따라 주었다. 그나마 거의 하산한 상태라 길이 험하지는 않았다. 마라톤도 몇 번 뛰었으니 이런 상황에서 힘 한번 제대로 써야지 하고 속도를 냈다. 체구도 빈약해 보이는 중년 남자가 부상자를 업고 뛰는 게 안쓰러워 보였던지 지나가는 등산객 몇 분은 힘내라는 격려의 말을 건넸다. 30분 정도 그렇게 주차장 근처까지 업고 내려왔다. 마침, 소식을 듣고 달려온 등산반장이 기다리고 있다가 후배를 챙겼다. 무릎이 안 좋은 상태에서 뛰었는데 그때 어디서 내게 그런 힘이 났는지 지금 생각해도 믿기지 않는다. 그 이후 한동안 물리치료를 다녀야 했다. 후배는 골절로 진단되어 입원

치료를 받았다. 이런 일련의 일들을 겪은 후, 금과옥조처럼 머릿속에 각인된 문장이 있다.

"끝날 때까지 끝난 게 아니다."

무사히 하산을 완료하기 전까진 안심하지 말라는 의미다. 일상에서는 다른 의미로 변주해 생활의 지침으로 삼고 있다. 아무리 힘들어도 끝까지 희망의 끈을 놓지 말자고. 끝날 때까지 끝난 건 아니니까.

숨은벽능선 중간쯤에서 정상까지 오르려던 생각을 접고 발길을 되돌렸다. 정상에 가까울수록 결빙 구간이 많고 거길 통과하려면 시간도 많이 걸려서 무리하지 않기로 한 것이다. 앞으로도 발걸음을 내딛을 산이 많으니 이쯤에서 하산하는 것이 낫겠다고 판단했다. 능선의 볕 좋은 너럭바위 위에서 해바라기를 하고 있는 길냥이들을 만났다. 무언의 응원을 보내고 산을 내려왔다.

'올겨울, 너희들도 끝까지 잘 버텨내라.'

우 문 현 답

묘하다, 묘해

너희들이 왜 여기 있냐고?

"야~옹."

가끔은 비정상

반드시 정상이 아니라도(북한산 문수봉)

지금은 아니지만 정상에 병적으로 집착하던 때가 있었다. 등산을 하면 정상에 반드시 올라가야 한다고 믿었다. 그러다 보니, 북한산에 가면 반드시 백운대에 올라가야 했고 관악산에 가면 정상인 연주대에 발길이 닿아야 산에 다녀온 거라고 생각했다.

그때는 왜 그랬을까? 정상으로 향하는 등산 코스가 오직 한 코스만 있는 것도 아닌데 산에만 가면 내 세상 만난 듯 펄펄 날아다니던 때였다. 젊은 혈기에 힘이 남아돌았으니 그럴 만도 했다. 산에 같이 다니는 동료들에게 한동안 '날다람쥐' 혹은 '빨치산'으로 통하기도 했다. 하긴, 정상에 올라가면 무언가 해냈다는 성취감과 마음이 한 뼘 넓어진 것 같은 기분이 들었던 건 사실이다.

정상에 대한 집착을 버리니 산이 낯선 모습으로 다가왔다. 정상으로 가는 길만을 고집하지 않았기 때문이다. 내가 올라왔던 산이 맞나 싶었다. 산을 좋아한다고 하면서 정작 나는 산의 정상만을 좋아했던 것이다. 이제는 정상이 아니라도 숨 고르느라 잠시 걸터앉은 작은 바위에서조차 등산의 묘미를 느낀다. 팔을 뻗으면 손에 닿을 듯한 하늘과 한평생 한 자리를 지키고 있는 바위들의 꿋꿋한 모습, 구름의 묘기 대행진은 정상에서만 볼 수 있는 게 아니었다.

9월 첫째 주말, 모처럼 사내 등산 동호회 회원들과 북한산을 찾았다. 구기동 탐방센터에서 출발해 대남문-문수봉-승가봉-사모바위-승가사를 지나 원점 회귀하는 4시간 코스였다. 문수봉에서 사모바위와 승가사로 이어지는 코스는 처음이라 과연 어떤 풍광이 펼쳐질까 살짝 기대되었다.

숨을 헐떡거리며 대남문에 올라오니 문수봉 쪽으로 쉬운 코스와 어려운 코스 중 하나를 택하라는 이정표가 눈에 들어왔다. 거리는 0.4km로 두 코스 모두 동일했다. 일부러 힘 좀 쓰러 왔는데 쉬운 코스를 택하면 되겠나 싶었다. 얼마나 어렵기에 대놓고 어려운 코스라고 했을까? 조심스레 발걸음을 내딛고 보니 대부분 암벽이었다. 바위에 박힌 쇠막대의 쇠줄을 잡고 올라가는 건 그나마 나은 편이다. 쇠막대와 쇠줄이 없는 곳은 요령껏 바위틈에 난 작은 홈을 밟고 올라가야 했다. 험했지만 스릴 있고 재미있었다. 가까이 있는 산이라 만만하게 보았는데 정상도 아니면서 이래도 되는 거냐고 투정이라도 부리고 싶었다.

그럼에도 '추락 주의'라는 표지판이 눈에 들어오면 긴장했다. 문수봉에 발을 딛고 서니 장엄한 파노라마가 눈앞에 펼쳐졌다. 수면 위에 드문드문 솟아 나온 바위섬 사이를 구름의 함선들이 느릿느릿 파도를 가르며 앞으로 나아가고 갈매기 대신 까마귀 편대들이 푸른 화폭 안에서 정찰 비행을 하고 있었다.

강북의 빌딩숲 뒤로 남산타워가 어렴풋이 눈에 들어왔다. 다음 코스에서 만난 사모바위도 어찌나 임팩트 있던지. 누군가를 사모하는 형상이라서 사모바위라 했나 싶었는데 다른 뜻이 있었다. 전통 혼례 때 남자가 머리에 쓰는 사모를 말하는 거란다. 바위 앞에 모여 있는 등반객들은 흡사 소인국에서 여행 온 사람들 같았다. 휴대폰 배터리가 방전되어 오랫동안 눈에 담았다. 고개를 돌리면 진흥왕 순수비가 박혀 있던 비봉이 하늘을 향해 카리스마를 뿜어내고 있었다. 보기 힘든 풍광을 한꺼번에 보고 있으니 이런 호사를 언제 다시 누릴까 싶었다.

　백운대에 서지 않아도 어떤 코스든 비경이 숨어 있을 것만 같았다. 산봉우리에 걸린 구름과 미끈하게 빠진 바위들을 멍하니 바라보니 입에서 "절경이로세"라는 말이 절로 나왔다. 아마 10번은 독백했으리라. 그동안 북한산은 존재감이 희박했다. 전철이나 버스를 타면 언제든 짧은 시간에 갈 수 있는 산이라 생각했기 때문이다. 오히려 마음은 서울에서 멀리 떨어진 지리산이나 설악산에 있었다. 마치, 그런 산들만이 명산이기라도 한 듯. 그런데 이게 웬걸, 여러 봉우리를 거느린 산도 대단하거니와 어느 봉우리에서 바라보느냐에 따라 풍광이 달리 보였다. 가까이 있는 것은 대수롭지 않게 여기고 오직 정상으로 가는 코스만 고집하던 편협한 사고방식이 내 영혼을 투명한 감옥에 가둬놓고 있었던 것이다. 진리나 지혜로 이어진 길이 한두 개가 아님을 알면서도 편하다는 이유로 지금까지 가던 길로만 갔다.

　그게 어디 산에만 국한될까? 여러 면에서 나보다 나은 사람들이 주변에 숱하게 포진해 있음에도 그들에게서 지혜를 배우려 들기는커녕 먼 곳만 바라보거나 책만 파고 있었다. 티끌만 한 인간에게 커다란 깨달음을 주는 걸 보면 왜 그렇게 많은 사람이 꾸준히 산을 찾는지 알 것 같기도 하다. 존재

자체로 충분히 위대하니까.

　다음에는 어느 코스로 북한산을 즐겨볼까. 이제 백운대는 가지 않을 거냐고? 안 가긴 왜 안 가. 정상만 고집하지 않는다는 말이지. 갑자기 발길을 뚝 끊으면 얼마나 서운해하겠어. 당분간 북한산에 빠져 있을 것 같다.

진 리
眞 理

이 넓은 세상

쉴 줄도 모른다면

사는 게 고행

군산이란 책 속을 거닐다

길 위의 문장

이야기가 있는 길을 좋아한다. 길을 걸으면 시선이 닿는 공간마다 이야기를 품고 있으니까. 웬만한 사람의 수명보다 몇십 배로 오래 살았으니 별의별 사연이 다 있을 것이다. 길 위에 사는 사람들과 말 한마디 섞기 힘든 상황에서 길이 말을 건네올 때는 언제나 반갑다. 그런 길에서는 잘 듣기 위해서 자주 멈춰야 한다. 혹시라도 앞만 보고 가면 귀를 잡아당길 것 같다.

"이봐, 내 말 좀 듣고 가라고. 예까지 와서 어찌 아무 생각이 없어."

길에는 계속해서 새로운 이야기가 쌓인다. 연인이나 가족들이 찾아와 함께 했던 따스한 시간까지 길 속에 스며든다.

이야기의 선순환이라고 해야 할까. 이야기가 사람을 부르고 사람은 이야기 위에 그들의 이야기를 올려놓는다. 생각의 샘터가 메말라 영혼에 허기가 느껴질 때, 일상이 버거워 숨이 막힐 때 그 길이 떠오른다. 길을 걷다 보면 그동안 듣지 못한 이야기가 터져 나올 것 같다. 끊이지 않는 수다에 잠시도 외로울 틈이 없다. 처음에는 말귀를 알아듣지 못해 머쓱해도 상상으로 소통하다 보면 조금씩 귀가 트인다. 막힘없는 상상이 숨통을 트이게 한다. 그래서 그 길이 대체 어디냐고?

군산 구도심은 거리와 골목마다 스토리가 넘쳐난다. 이성당이라는 우리나라에서 가장 오래된 빵집이 있고, 신흥동 일본식 주택과 동국사라는 일본식 사찰, 영화 〈8월의 크리스마스〉와 〈타짜〉의 촬영지인 초원 사진관과 중식당 빈해원도 있다. 마리서사라는 신비한 이름의 동네 책방과 바다와 금강 하구 둑이 한눈에 보이는 월명공원이 있다. 구도심과 어시장을 연결하는 해망굴은 시간 여행자들을 위한 타임머신이다.

어느 해 겨울, 서해안 지방에 폭설이 내린다는 소식을 듣고 군산으로 향했다. 머릿속에서 엉킨 생각의 실타래를 풀려고 잠시 자발적인 고립을 택했다. 내 이야기도 품고 있는 도시라서. 시작은 동네 책방 마리서사, 마침표는 이당미술관이었다. 그사이를 구도심 거리와 월명호수 수변 길 걷기로 채

웠다. 예전과 다른 게 있다면 이야기를 들은 것이 아니라 문
장으로 만났다는 것이다.

착하지 않아도 돼
참회하며 드넓은 사막을 무릎으로 건너지 않아도 돼

네가 누구든, 얼마나 외롭든
세상은 너의 상상에 맡겨져 있지

마리서사 앞에서 미국의 여류 시인 메리 올리버의 시를 만
나게 될 줄 몰랐다. 나를 기다리고 있었다는 듯 출입구 입간
판에 반듯하게 정서되어 있었다. 서울 대형 서점 진열대 시
집 코너에 메리 올리버의 시집들이 첫선을 보였을 때 『완벽
한 날들』을 구입해서 건성건성 몇 페이지 넘겼던 게 전부였
는데 왜 그때는 이 시를 몰랐을까? 휴대폰으로 검색해 보니,
여전히 미국인들에게 사랑받고 있다는 메리 올리버의 대표
시 〈기러기〉의 처음과 마지막 일부 구절이었다. 미국 대통령
인 바이든이 부통령 시절 9·11 테러 희생자 추모식에서 낭송
해 더 유명해진 시다. 시 전문을 찾아서 읽어 보았다. 움츠렸
던 마음이 햇살 한 줌으로 펴지는 느낌이었다. 이 시를 만나

기 위해 새벽잠을 설치면서 군산까지 온 걸까. 시 하나에 큰 위로를 받았다. 이럴 땐 시가 영혼의 보약 같다.

"나무에 앉은 새는 가지가 부러질까 두려워하지 않는다. 나무가 아니라 자신의 날개를 믿기 때문이다."

군산역으로 가면서 우연히 들른 이당미술관 서화 전시회에는 류시화 시인의 '새는 날아가면서 뒤돌아보지 않는다'라는 책 속에서 본 문구가 작품 속에 있었다. 처음 읽었을 때도 가슴에 와닿아 밑줄을 그은 문장인데 다시 봐도 좋았다. 좋은 문장들이 군산의 시작과 끝에서 나를 맞이하고 배웅해 주었다.

군산이라는 한 권의 책 속에 들어가 문장 속을 걷다가 떠나는 심정이다. 책에서 볼 때는 작은 글씨의 문장이, 거리나 전시장에서 볼 때는 왜 수백 배로 확대해서 보이고 마음을 흔드는 건지…. 이야기가 있는 길 위의 공간에서도 문장의 힘은 여전히 막강하다.

나
도,

작
가

기억만 하고
표현하지 않으면
누가 알겠어

보고 들은 게
얼마나 많은데

"목숨을 건다"는 말

한국의 산티아고, 버그네길을 가다

    무엇에 목숨을 건다는 말은 멋져 보이지만 한편으론 비장하다. 누가 어떤 상황에서 그 말을 하느냐에 따라 느낌이 다르다. 20대 젊음이 사랑에 목숨을 걸겠다고 한다면 멋져 보이긴 할 거 같다. 가장이 사랑하는 가족들을 위해 목숨을 건다는 말도 고개를 끄덕일 만하다. 그 외 요즘 세상에 목숨을 걸 만한 일이 있기나 할까.

    그렇다면 난 무엇에 목숨을 걸었던 적이 있었던가. 가족, 사랑, 신념, 신앙, 명예 등 목숨을 걸 만한 것들을 떠올려 보지만 그런 적은 없었다. 어떤 것에도 목숨 한번 걸어 보지 못하고 살아왔으니 어찌 보면 존재감 없이 평범하게 살아왔음을 고백하는 것 같아 좀 부끄럽기는 하다.

20대 후반 '목숨 걸고'라는 문구가 처음 내게 찾아왔다.

"목숨을 걸고 이겨라."

입사 후, 신입사원 합숙 교육 때 지도 선배가 수련일지 의견란에 남긴 문장이었다. 교육 기간 동안 하루 일정을 마무리하고 일지를 작성해서 지도 선배에게 제출하면 코멘트를 달아주었다. 다음 날 팀 대항 대표 선수로 운동 경기가 예정되어 있었는데 아마도 최선을 다하라는 뜻이었을 게다.

"아니, 목숨을 걸 게 따로 있지. 왜 이런 거에 목숨까지 걸라고 해."

한 줄의 문장에서 강한 거부감을 느꼈다. 그 이후에도 주변에서 누군가 결의를 다지듯 목숨 건다는 말을 할 때 귀를 닫았다. 목숨이란 단어가 가볍게 소비되는 상황이 못마땅했다. '목숨은 말로 거는 게 아니지. 걸고 싶으면 다른 사람 모르게 걸든가. 목숨 귀한 거 알기나 하고 말하나?' 하는 심정이었다.

하지만 목숨을 걸 만한 일에 목숨을 건 사람 앞에서는 고개가 숙여진다. 전시 때 목숨 걸고 나라를 지켰던 군인들, 전혀 모르는 사람을 구하기 위해 목숨을 걸었던 의인들, 신념이나 신앙을 지키기 위해 목숨을 기꺼이 바친 사람들 등 말보다는 행동으로 보여주신 분들이다. 어찌하거나 목숨을 건다는 것만큼 숭고한 말은 없다.

12월 초 '한국의 산티아고 길'이라고 알려진 당진의 '버그네순례길'을 걸었다. '버그네'는 삽교천 하류인 당진 합덕읍 일대를 뜻하는 옛 지명으로 조선 말 신앙을 지키기 위해 목숨을 걸었던 천주교 신자들이 걸었던 길이다. 버그네순례길의 출발지인 솔뫼성지에는 우리나라 최초의 천주교 사제로, 25세의 젊은 나이에 신앙을 지키려다 순교하신 김대건 신부의 생가가 있다. 솔뫼성지에서 시작해 당진 읍내를 지나 걷다 보면 고딕풍의 멋진 합덕성당, 신리성지로 이어진다.

천주교 신자가 아니라도 사색을 하며 힐링하기 좋은 코스지만 가벼운 마음으로만 걸을 수 없는 길이다. 증조부, 조부, 부친 등 김대건 신부의 4대를 포함하여 목숨 걸고 신앙을 지키려다가 세상을 떠난 내포 지방의 순교자들이 걸었던 길이기 때문이다. 그들은 선교를 위해서 혹은 천주교 신자임이 드러나 관아로 끌려갔다. 이 길을 지나 형장의 이슬로 사라지기도 했다. 그 당시, 목숨을 걸고 길을 걸었던 사람들의 심정은 어떠했을까. 나랑 똑같은 인간인데 죽음 앞에서 두렵지 않은 사람이 어디 있을까. 목숨을 건다는 말의 숭고함을 행동으로 보여주며 신앙을 지켜냈으니 우러러보일 뿐이다.

소나무숲으로 이어진 솔뫼성지 십자가의 길, 유럽의 고성처럼 쌍탑이 신비로움을 자아내는 합덕성당, 천주교가 조선에 뿌리를 내리는 데 중요한 역할을 한 신리성지, 탁 트인 내포평야를 가슴에 품을 수 있는 신리성지의 하늘 전망대, 차를 타고 이동하면 30분도 안 되지만 걸어서는 4시간 이상 걸리는 성지 순례길… 걸어보지 않고서 어찌 이 길을 걸었던 당시 순교자들의 마음을 헤아릴 수 있을까.

길을 걸을 때 기분은 길의 이름과 내력에 영향을 받기도 한다. 바람길에서는 금세 바람이 불어올 것 같은 기분이 들고, 사랑길에서는 사랑이 살며시 찾아올 것 같은 기분이 드는 것처럼. 버그네순례길은 걷는 내내 숙연한 기분이었다. 신앙을 위해 목숨까지 걸었던 분들이 지나던 길이었으니까.

힐
링

전
도
사

난 누구에게

힐링 받아야 하나

나도 힘든데

봄내로 달아나다

봄, 여름, 가을, 겨울&춘천

일상이 버거워 혼자서 감당하기 힘들 때는 어디론가 달아나고 싶다. 일상과 물리적인 거리라도 멀어지면 좀 나아질 거란 막연한 기대감이 있다. 달아난다고 답을 찾는 건 아니지만 마음의 근육은 조금 강해져서 돌아올 것 같다. 매번 달아나는 것도 쉽지 않아 보여서 혼술도 해보고 지인도 만났지만 해결책이 아니었다. 혼술은 머리만 아파서 아예 선택지에서 빼버렸고, 지인과의 대화는 지인까지 덩달아 우울하게 해서 이것도 아니다 싶었다.

지난 일 년 동안, 달아나는 기분으로 자주 찾아간 도시가 있다. '봄내'라는 청정한 이름을 가진 호반의 도시 춘천은 서울에서 달아나기 딱 좋은 은신처다. 춘천에 가면 숨을 곳이 많다. 명동의 닭갈비 골목, 육림고개, 의암호, 소양강 댐이 춘천의 전부인 양 알고 있는 외지인의 머리로는 좀처럼 떠올릴 수 없는 공간들이다.

나의 은신처 목록에는 죽림동 성당, 국립춘천박물관, 구봉산 전망대 카페거리, 공지천 제빵소, 공지천 조각공원 등이 기재되어 있다. 달아날 여유가 없을 때는 그걸 보고 있는 것만으로 심장박동이 빨라진다. 더 멀리 달아나고 싶을 때는 자전거를 빌려 타고 의암호나 공지천 혹은 소양강 댐 쪽으로 향한다. 모자를 푹 눌러쓰고 은륜에 몸을 맡긴 나를 알아보기란 거의 불가능하다. 춘천역 앞에는 만 원에 하루 종일 자전거를 빌려주는 자전거 대여소가 있다. 밤늦게까지 타고 와도 대여소 문 앞에 놓아두면 그만이다. 자전거를 이용하면 공간은 확장되어 걸을 때보다 선택의 폭이 늘어난다.

지난달, 잠시 숨어 있기 좋은 은신처를 하나 더 발견했다. 춘천 외곽에 있는 한림성심대학교 캠퍼스 후문과 이어진 장학리 노루목 둘레길이다. 노루가 사람을 피해 다니는 길목이라 하니 가히 최고의 은신처라 할 만했다. 이름 그대로 세 시간 동안 걷는 내내 사람을 마주치기조차 힘든 천혜의 은신처였다. 심지어, 노루가 길을 막고 서 있으면 어쩌나 약간의 두려움이 느껴질 정도로 소나무가 울창한 숲이다. 춘천에는 여느 지방 도시들과 같이 시 외곽을 다니는 버스가 드물어 자전거를 타지 않았다면 노루목길 입구까지 갈 엄두도 내지 못했을 것이다.

시내 언덕배기에 있는 죽림동 성당은 어머니의 품속 같은 성소다. 성당 입구 언덕 위 예수님은 두 팔을 활짝 펴고 보잘것없는 중년의 남자를 격하게 환영하신다. 성당의 품위 있는 모습은 흡사 성모 마리아님 같다. 하늘에 별이 총총하게 떠 있는 시간에 성당에서 춘천 시내를 내려다보면 춘천 토박이라도 된 심정이다. 춘천역에서 전철을 내려 소양 2교를 지나 감자옹심이 식당에서 점심을 먹고 의암호를 돌거나 남춘천역에 내리면 역 건너편 퇴계 막국수 식당에서 배를 채우고 공지천에서 여정을 시작한다.

춘천의 야경을 한눈에 담고 싶어 춘천역에서 기진맥진 두 시간쯤 걸어 올라간 구봉산 전망대 카페거리, 규모는 작지만 창령사터 오백나한전 같은 특별전으로 눈의 품격을 높여준 국립춘천박물관, 6인용 탁자에 소금빵과 라테 한 잔 앞에 놓고 멍때리기 좋은 공지천 제빵소, 나무 수행자들이 하반신을 물속에 담근 채 묵언 수행하는 의암호반.

춘천에 와서 혹시라도 나를 찾으려거든 위에 있는 은신처들을 하나하나 들러보시라. 그중의 한 곳에서 나를 발견할 수 있을 테니까. 더 이상 움직일 힘이 없으면 발걸음은 느릿느릿 역으로 향한다. 그때쯤이면 몸의 기력은 바닥나도 며칠을 버틸 만한 정신의 기력은 이미 충전된 상태다. 내가 일상에서 달아나는 것은 일상을 버틸 만한 힘을 채워오기 위함이다. 언제든 자신을 품어줄 은신처가 있다는 것은 다행스러운 일이다. 낯선 곳에서 램프의 거인 지니라도 만난 듯 든든하니까.

춘천은 내게 마라톤의 도시이기도 하다. 매년 단풍철만 되면 의암호 주변과 시내를 달리려고 온다. 이번에는 달리지 않고 걷거나 자전거를 탄다는 사실만 다를 뿐, 한 도시를 원 없이 걷고 달리고 자전거를 타며 아무래도 춘천과 나는 전생에 각별한 인연이 있는 게 아닐까 하는 생각이 들었다. 춘천은 내가 어떤 모습으로 찾아가든 포용한다. 힘든 일 있으면 다 잊고 가라는 듯 언제나 마음 가는 나만의 도시가 있다는 것은 고향이 두 개쯤 있는 것과 같다.

일
상

탈
출

떠나고 싶다

몸은 묶여 있어도

마음은 날개

안개의 숲에서 길을 잃다

양수리에서 운길산역까지

　서울을 벗어나서 당일치기로 걸을 만한 길을 추천해 달라고 하면 의암호를 품고 있는 춘천 의암호 둘레길, 의림지에서 솔밭공원과 비룡담 저수지로 이어지는 제천 한방치유 숲길, 양평에서 용문 쪽으로 남한강과 흑천을 따라 걷는 물소리 길 등 추천하고 싶은 길이 많아서 하나만 콕 집어 말하기는 어려울 것 같다. 걸었던 기억을 떠올리면 다 좋았으니까. 그래도 부득불 딱 하나만 추천해 달라고 요구한다면 "그런 길이 있기는 한데. 이걸 알려줄까 말까…"뜸을 좀 들이다가 마지못해 입을 열 것이다. 나만 알고 있는 보물의 위치를 알려주는 것처럼.

　양수역에서 출발해 운길산역 근처를 지나 팔당역까지 한

강을 따라 이어진 길이 바로 그 길이다. 좀 더 자세하게 말하면, 양수역에서 세미원, 두물머리, 수풀로 생태공원, 북한강 철교를 건너 운길산역까지. 또 하나는 운길산역에서 폐역인 능내역, 정약용 생가, 다산생태공원을 경유하여 팔당역까지 이어진 길이다.

아침부터 저녁까지 쉬엄쉬엄 걸으면 다 걸을 수 있고 반나절만 걸을 생각이면 한 코스만 걸어도 충분하다. 전철역은 불과 두 정거장으로 약 20km 정도다. 이미 걸어본 사람들은 알고 있을 것이다. 이 길이 얼마나 좋은지. 자전거를 타기도 좋지만 걷기에 더 적당한 길이다. 강과 산, 늪지대, 터널 등 삼삼한 풍광들이 파노라마처럼 펼쳐진다.

이 길은 출발 기점과 목적 지점을 전철역으로 정할 수 있는 만큼 접근성이 뛰어나다. 작심하고 걷고 싶을 때 부득이 교통편을 이용한다면 대중교통 특히, 전철이나 기차만큼 걷기에 친화적인 건 없다. 접근성이 편한 건 기본이고 걸으면서 스치는 풍광이 어찌나 시선을 끌어당기는지 춘천이나 양평 쪽으로 차를 타고 가면서 북한강이나 남한강을 한 번쯤 보았을 테니 더 이상 말을 보태서 무엇하랴. 차창 밖으로 빠르게 스치고 가는 풍광과 느린 걸음으로 천천히 응시하는 것과는 비교 불가다.

양수역에서 시내 쪽으로 가다 보면 양수리 재래시장(오일장)과 수련, 창포, 연꽃 등 수생식물의 보고(寶庫) 세미원, 북한강과 남한강이 합쳐지는 두물머리, 세미원과 두물머리 늪지대에서 장관을 연출하는 여름 연꽃들, 400년 동안 한강을 응시하고 있는 두물머리의 터줏대감 느티나무, 걸어서 건너갈 수 있는 북한강 철교, 어디선가 칙칙폭폭 기차 소리가 들려올 듯한 능내역, 정약용 생가를 주변으로 다산생태공원에서 보이는 수려한 한강의 풍경을 볼 수 있다.

세상이 꽃으로 만개하는 봄날엔 향기로운 꽃길을 담은 수채화가 되고, 눈이 내린 겨울엔 오리나 원앙을 품은 산수화한 폭을 보여주는 길이다. 느릿느릿 걷다가 다리가 아프면 벤치나 강변의 카페에서 쉬어 가기도 좋고 어두워지기 시작하면 운길산역까지만 가서 전철을 타면 된다. 미처 걷지 못한 코스는 다음을 기약하면 되니까.

아쉬움과 기대감이 교차하는 한 해의 마지막 날, 운길산역까지 걸을 작정으로 오후 2시경 양수역에 도착했다. 역 주변 한과집을 지나다가 생강차 한 잔으로 몸을 따숩게 하고 양수리 시장통에서 장터국밥으로 늦은 점심을 했다. 두물머리에는 설경을 즐기는 연인, 친구, 가족들이 벌써 풍경이 되어 있었다. 먹이를 구걸하는 야생 오리들도 보았다. 여기 오면 한 번은 먹어봐야 한다는 두물머리 연핫도그에도 들렀다.

저녁 무렵, 잠시 쉬었다 갈 생각으로 강변의 카페에 들어갔다. 북한강 철교가 시야에 들어오는 거리여서 차를 마시고 철교만 건너면 운길산역이라 급할 건 없었다. 가지고 온 책도 읽고 기록장에 메모도 하며 이젠 가야겠다 싶어 밖으로 나오니 이미 어둠이 와 있었다.

먼발치서 보이던 철교가 지워져 있었다. 주변은 온통 안개의 숲이었다. 드문드문 불을 밝힌 조명도 안개의 습격에 맥을 못 추었다. 불과 2~3m 앞까지만 길을 구별할 수 있을 정도였다. 결국, 길을 잘못 들어 헤매다가 가까스로 북한강 철교로 올라가는 샛길을 찾았다. 다리를 건너는데 왜 그리 겁이 나던지 발걸음을 움직일 때마다 음산한 소리가 귀를 찔렀다.

물귀신이라도 나올 것 같았고 다리가 무너지면 어쩌나 덜컥 겁이 났다. 밤에 짙은 안개를 뚫고 북한강 위를 혼자 걷는다는 사실만으로 간이 콩알만 해졌다. 10m 정도 떨어진 철교에서 섬광이 수평으로 돌진하는 소리에 놀라기도 했다. 온몸에 불을 밝히고 달리는 ktx였다. 다리를 건너고 운길산역이라 표기된 간판을 보고 나서야 남아있던 기운까지 빠져나갔다.

걷기의 마무리는 평안하지 못했지만, 지금까지 몰랐던 길의 속마음까지 본 것 같은 신비로운 체험을 했다. 아침에 물안개가 피어오르는 북한강을 본 적은 있어도 밤에 안개의 이불을 뒤집어쓰고 제 몸을 모두 가린 모습은 처음이었다. 다시 경험하기 쉽지 않은 신비롭고 몽환적인 시간이었다.

혹시 안개의 숲을 헤매고 나서 추천하고 싶은 길이 달라진 건 아니냐고? 시간과 공간의 경계를 지우고 신비롭게 변한 모습까지 살짝 보았는데 그럴 리가 있겠나. 길에게도 사생활이 있다면, 그 시간이 안개와 만나는 내밀한 시간이었다면 눈치 없이 찾아간 내 불찰인 것을….

하
루
의

미
션

푸른 꿈을 꾸고
세상에 발자국을 내고
하늘을 바라보자

살아있으니까

영주의 품에 안기다

부석사&소수서원 or 무섬마을

"영주" 하고 발음하면 기분이 야릇하다. 남자 이름 같기도 하고, 여자 이름 같기도 하고 남자든 여자든 애틋한 느낌이 든다. 마치, 오래전부터 알고 있었던 인연처럼.

역사 시간이라면 말이 달라진다. '영주' 하면 '부석사'가 조건반사적으로 튀어나오니까. 중고등학생 시절, 역사에 관심을 가진 이후 '영주 부석사'라는 두 개의 단어는 한 몸처럼 각인되어 있다. 반복 암기 학습의 결과로, 영주와 부석사가 동의어라도 되는 듯 말이다. 그렇다고 영주에 부석사 말고 볼거리, 가봐야 할 곳이 없는 것도 아니다.

3년 전, 영주시에서 후원하는 시티 버스를 처음 이용해 보고 문화해설사의 친절과 배려, 차량의 편리성에 반해서 코로

나의 암흑기가 끝나자마자 다시 영주를 찾았다. 청량리역에서 새벽에 출발해 영주역에 도착하면 역 앞에 문화해설사가 동승한 시티 버스가 대기하고 있었다. 그 버스를 타고 영주의 명소를 둘러본 후 버스를 탔던 역 앞에 내려주면 기차를 타고 귀경했다. 자가용으로 장거리 운전을 하지 않아도 되고 영주 시내에서 시간 맞춰 타기 힘든 시내버스를 기다릴 필요도 없기 때문에 만족스러운 여행이었다.

『나의 문화유산 답사기』를 통해 유홍준 선생께서 '가장 아름다운 절집'이란 표현도 부족하다며 '오직 위대한 건축'이라고 극찬했던 영주 부석사. 유홍준의 『나의 문화유산 답사기』나 미술사학자 최순우 선생의 『무량수전 배흘림기둥에 서서』 등에서 관심 있는 대목들을 읽고 보니 부석사에 가기도 전에 경외감이 들었다.

가장 궁금했던 게 있었다. 부석(浮石)이란 한자의 뜻처럼 정말 공중에 떠 있는 돌(바위)을 볼 수 있을까 하는 것이었다. 부석사에 가면 반드시 확인해 보리라 다짐했다. 부석사를 창건한 의상대사가 당나라에 유학했을 때 의상대사를 사모한 선묘라는 여인이 있었단다. 그녀가 용이 되어 신라까지 따라와 부석사 창건에 도움을 주었는데 주변의 도적 떼들이 창건을 방해하자 바위를 공중으로 들어 올려 도적들을 물리쳤다고 한다. 그 바위가 부석사 경내에서 아직도 공중에 떠 있다는 글을 읽은 적이 있다. 만화 영화 〈천공의 성 라퓨타〉에서 공중에 떠 있는 섬 라퓨타처럼 떠 있을까 상상도 했지만 아무래도 그건 아닐 거라고 생각했다.

드디어 부석사를 처음으로 찾아간 날 '태백산 부석사'라는 일주문 편액에 발걸음을 잠시 멈추었지만, 신경은 오직 부석이란 바위에 있었다. '여기가 봉황산인데 왜 태백산이라고 표기했을까' 또 다른 의문을 품은 채 말이다. 당간지주와 무수한 계단들, 안양루를 지나 무량수전 근처에서 한자어로 '부석'이라 표기된 바위를 발견했다.

떠 있기는커녕 다소곳이 앉아있는 걸 보고 '그러면 그렇지' 하면서도 혹시나 했던 내 자신이 더 웃겼다. 안내판을 천천히 읽어 내려갔다. 바위의 위와 아래 사이에 약간의 틈이 있어서 줄을 넣어 당기면 걸림 없이 드나들어 떠 있는 돌임을 알 수 있단다. 조선 시대 실학자 이중환이 쓴 『택리지』에 나와 있다며 친절한 설명까지 되어 있었다.

정말 공중에 떠 있는 바위가 있나 확인해 보겠다는 건 무의미해졌지만 부석사가 유홍준 선생 말씀대로 (아름다운 사찰이기도 하면서) 위대한 사찰이란 사실은 인정할 수밖에 없었다. 무량수전, 소조 여래좌상, 조사당 등 국보급 문화재가 다섯 개나 있는 세계문화유산이기 때문만은 아니다. 답은 무량수전 앞마당 누각인 안양루에서 바라본 소백산맥의 진경(眞景)이다. 산수화 한 폭을 보는 듯 장쾌하면서도 첩첩 산봉우리들이 파도가 되어 부석사를 향해 밀려오는 듯해 한동안 그 풍경에 빠져들어 넋을 놓고 있었다. 가장 오래된 목조 건물로 국보인 무량수전 안에 들어가 보거나 무량수전의 배흘림기둥을 만져보는 것과 비교할 수 없는 특별한 체험이었다.

영주는 알면 알수록 양파 껍질처럼 숨겨진 매력을 볼 수 있는 자긍심 강한 역사 도시다. 조상들의 정신세계를 지배한 불교와 유교의 대표적인 수양 공간을 한꺼번에 품고 있는 지방 도시가 또 어디 있을까? 부석사와 소수서원은 영주를 떠받치고 있는 두 개의 정신적인 기둥이다.

영주를 다시 찾으면 무섬마을에 가서 외나무다리로 내성천을 건너고 싶다. 타임머신을 타고 시간여행을 하는 느낌이 들 것이다. 소백산 자락길을 걷다가 바위에 걸터앉아 빛깔 좋은 영주의 사과를 한입 베어 먹고 싶다. 사과 속에 스며든 풍성한 햇살과 영주 땅의 기운까지 몸속으로 들어올 테니….

각
성

覺
醒

인고의 시간 지나

깨달음의 물꼬가 터졌다

적멸을 향한 절정의 순간

월악산에서 천사를 만났다

제천 월악산 겨울 산행

산 이름에 '악' 자가 들어가는 산을 오를 때는 슬며시 긴장이 된다. 관악산이나 치악산, 설악산 등 진작에 가본 산은 그나마 좀 낫지만 한 번도 가보지 않은 산은 예외 없이 시작부터 발걸음이 무겁다. 이런 산들은 대개 화강암이 많은 암산으로 험하고 가팔라서 오르기가 쉽지 않다.

주말에 월악산에 갔다. 전국이 영하권으로 꽁꽁 얼어붙은 날씨라 해발 1,000m가 넘는 정상은 또 얼마나 추울까. 더구나 '악' 자가 들어간 산행이라 완벽한 준비가 답이다. 오리털 파카에 털모자를 쓰고 아이젠까지 배낭에 담았다.

새벽에 첫출발하는 전철을 타고 을지로에서 내려 다시 버스로 제천 월악산 입구 수산교 쪽으로 이동해 아침 9시경 산행을 시작했다. 앞을 보는 순간 눈앞이 아찔했다, 이건 시작부터 급경사의 아스팔트 길이었다. 길이 좁아서 버스가 지나갈 수 없기에 기사분이 그전에 내려준 것이었다. 1km 정도의 아스팔트 길을 걷고 본격적인 산행이 시작되는 보덕암 근처에 도착했다. 이정표를 보고서 다리에 남아있던 힘이 스르르 빠져나갔다. 지나온 길의 난이도는 보통 수준이고 이제부터 험난한 코스라고 쓰여 있었다. '악' 자 들어간 산의 진수를 만난 느낌이었다. 더구나 목적지인 덕주사 방향으로 내려가려면 세 개의 고봉(하봉-중봉-영봉)을 지나야 한다. 말 그대로 "악-악-"거리며 영봉을 향해 걸었다. 몸이 힘드니 체면 따위는 사치였다.

대부분의 산은 처음엔 완만한 경사라서 워밍업하기에 충분했지만, 이번엔 처음부터 급경사이다 보니 몸이 적응하느라 애를 먹었다. 여기까지 와서 돌아갈 생각은 아예 없었고, 앞뒤로 걷는 등반객들 눈치를 봐서 소리를 삼킬 법도 한데 신음이 절로 나왔다. 웬 철제 계단이 그리 많은지 철제 계단의 끝판왕이었다. 올라갈수록 조금씩 제 모습을 드러내는 충주호를 보는 묘미가 그나마 위안이 되었다. 중봉을 올라가던 중, 눈앞에 펼쳐진 충주호를 바라보며 평평한 바위 위에 걸터앉아 숨을 골랐다. 정상에 가까울수록 세지는 칼바람에 얼굴과 손이 시려서 과연 무사히 산행을 마칠 수 있을까 걱정하던 순간이었다.

그때 뒤에서 천사가 나타났다. 뒤따라오며 장갑을 끼지 않고 올라가는 내 모습을 계속 보았던 것 같았다. "이런 날씨에 험한 산을 장갑도 없이 어찌 오셨냐"며 배낭에서 여분의 장갑을 꺼내주는 것이 아닌가. 고개를 숙이며 "너무 고맙습니다"라는 말밖에 할 수 없었다. 그 상황에서 그나마 내가 할 수 있는 최상의 표현이었다. 장갑과 따스한 말 한마디를 남겨놓고 천사는 이내 시야에서 사라졌다. 마음이 따스해져 그런지 몰라도 얼마나 힘이 나던지 달이 뜨면 봉우리에 걸린다는 월악산 정상 '영봉'에서 당당하게 포즈를 취할 수 있었다. 영봉에서 내려다본 풍경은 단연 압권이었다. 호랑이 등뼈 같은 주변 봉우리들과 멀리 충주호의 절경을 보고 있자니 '호연지기가 이런 거구나' 하는 걸 느낄 수 있었다. 하지만 아무리 주변을 둘러봐도 천사는 다시 보이지 않았다.

6시간 이상 걸으며 힘들기도 했지만, 여러모로 뜻깊은 송년 산행이 되었다. 칼바람 부는 월악산에서 천사까지 만날줄이야. 천사라는 표현이 너무 비약이라고? 세상에 천사가 있느냐 없느냐 하는 논쟁은 무의미하다. 서양 미술사에서 조각이나 그림 속에 그려진 천사나 대문호 톨스토이의 단편집

『사람은 무엇으로 사는가』에 등장하는 천사 혹은 요즘 영화 속에 종종 등장하는 천사 등 천사들은 다양한 모습으로 나타난다. 종교를 떠나서 천사들이 있다면 아마 이런 식으로 존재할 거라 믿는다.

그들은 인간이 도움을 필요로 하는 순간 나타나 대가 없이 도움을 주고 홀연히 사라진다. 도움을 받은 입장에서 '귀인, 의인' 혹은 '고마운 사람'으로 '천사'와 동의어라 해도 틀리지 않다고 본다. 천사가 내게 나타난 분명한 이유가 있을 것이다. 그런 행동을 고맙게 받아들였다면 타인에게 베풀라는 메시지다. 천사가 내게 베푼 호의를 나도 누군가에게 베푸는 것이 그나마 천사에게 보답하는 길이다. 그걸 통해 사회가 조금씩 밝아진다느니 식의 묵직한 의미 부여까지 하고 싶지는 않다.

내가 천사를 만난 것은 정말 운이 좋았다고 생각한다. 천사가 주고 간 투박한 장갑 한 짝이 내가 천사를 만났다는 유일한 증거다. 그가 항상 천사로 살고 있을 거라 생각하지 않는다. 인간 세상에서 살아가려면 인간처럼 살아야 하니까. 도움이 필요한 사람에게 잠시 천사가 되었다가 사라지는 것이다. 그가 천사의 마음을 가진 인간이라 해도 그 상황에서 내게는 천사일 뿐이다. 월악산의 힘들었던 겨울 산행을 떠올리

면 영봉에서 바라본 장엄한 풍경뿐만 아니라 장갑을 건네준
천사를 기억해낼 것이다.

　천사여, 고마워요.
　인간 세상에서 부디 잘 버텨내기를….

나,

여

기

높다는 건

마음을 낮추는 것
외로움을 받아들이는 것
세상에 관대해지는 것

장엄한 출발, 첫걸음

운탄고도&영월

　이름에서부터 호기심을 자극하는 길들이 왜 이렇게 많을
까? 해파랑길, 산소길, 호수길, 소풍길, 솔바람길, 자락길 등
길의 박람회를 열 수 있을 만큼 많은 길이 등을 내밀고 자신
의 등을 밟아보라고 유혹한다. 반면, 점잖게 '고도'라는 이름
을 가진 길도 있다. '고도'라는 이름을 들었을 때 사람들의 발
길이 뜸하고 걷기도 만만치 않을 오지의 길이 떠올랐다. 얼
마나 높은 곳에 있기에 '고도'라는 이름이 붙었을까? 설마 히
말라야 고산지대 같은 곳이라 숨 쉬기조차 힘든 길이 아닐까
상상을 했다.

　중국 윈난성에서 네팔, 인도까지 이어져 차와 말을 교역
했다는 높고 험준한 길 차마고도처럼 강원도에 과거 석탄

을 싣고 광부들을 차에 태워 탄광으로 이동했다는 운탄고도
가 있음을 알았다. 구름 위를 걷는 기분이 들 정도로 높은 길
이어서 한자로 구름 '雲' 자를 썼나 했는데 한자어 運炭(운전
할 운, 숯 탄)으로 석탄을 실어 나르는 도로란 뜻이란다. 평
균 해발 고도가 600m이고 그중에서 고도가 가장 높은 정선
만항재 높이가 1,330m나 된다고 하니 가히 고도라 할 만하
다. 이름에 끌려 한 번쯤 걷고 싶은 바람이 있었지만, 강원도
오지의 길이라 교통편이 불편하고 혼자 걷기엔 위험하단 생
각이 들어 주저했다. 마음을 접으려던 순간 어떤 블로그에서
운탄고도의 시작점이 영월에 있다는 걸 알았다. 그 순간, 마
음은 다시 운탄고도로 향했다.

영월은 영월역에서 청령포 초입과 단종이 묻힌 장릉까지
하루 종일 걸어본 경험이 있는지라 이미 마음의 영토에 편
입되어 있었다. 매년 4월 이 지역의 가장 큰 축제인 단종 문
화제가 말해주듯 영월은 조선 시대 비운의 왕, 단종의 고장
이다. 단종이 삼촌인 세조에게 쫓겨 유배 생활을 했다는 '청
령포'와 '관풍헌', '장릉', 매년 동강국제사진제가 열리는 사진
박물관과 3대에 걸쳐 순두부 맛집으로 소문난 김인수 할머
니 순두부집에서 점심으로 먹었던 시그니처 순두부 등 일 년
이 지났음에도 눈앞에 아른거렸다.

운탄고도는 폐광 지역을 따라 정선, 태백, 고한, 삼척으로 이어진 9개 코스로 총 173km나 되는 길이다. 영월에 도착하자 청령포 주차장 근처에서 시작되는 운탄고도 1코스를 출발해 세경대, 각고개를 지나 동강변 팔괴리 카누마을까지 약 10km를 걸었다. 초록으로 채워진 숲과 유장하게 흐르는 강을 눈과 가슴으로 담으며 강물처럼 길 위를 흘러갔다. 적절한 위치에 설치된 이정표를 따라 다리를 건너고 숨을 고르며 고개도 넘었다. 그럼에도, 사람의 발길이 뜸한 숲길을 지날 때는 겁이 좀 나기도 했다. '이제 1구간의 일부를 걸었는데 어느 세월에 정선, 고한을 지나 길의 목적지인 삼척까지 걸을까? 서울에서 오기도 쉽지 않은 길을 어쩌자고 첫발을 내디뎠나? 당일 코스로 조금씩 걸어서 이 길을 걷기 위해 몇 번이나 더 기차를 타야 하나? 이 길을 끝까지 걸을 수 있을까?' 걷는 동안 걱정이 한꺼번에 몰려왔다.

일단 시작은 했지만 앞으로 가야 할 여정이 막막했다. 하지만 당장 닥치지도 않은 상황을 미리 걱정하지 않기로 했다. 반드시 목적지를 향해 전(全) 구간을 걸어야만 하는 건 아니니까. 지금처럼 해왔듯 걷는 순간을 즐기면 된다. 걷지도 않은 길을 미리 걱정하면서 세상의 모든 길을 걷겠다고 하는 건 욕심이고 만용이다.

삶이란 세상을 떠날 때까지 끊임없이 걷는 것이다. 걷는 이유나 목적은 달라도 길에서 떠오른 생각, 읽은 책들, 만난 사람, 몸소 겪은 일들이 모여 인생이 된다. 목적지에 반드시 행복이 나를 기다리고 있을 거라 기대하지 않는다. 길을 걷는 여정 속에 있다고 믿으니까. 고난이 옆에 있는 것처럼 행복을 느낄 수 있는 안목이 없다면 그냥 지나칠 수도 있을 것이다. 앞으로 걸어야 하는 인생길에서 무엇을 보게 되고, 어떤 인연을 만들어 가고, 무슨 일들이 기다리고 있을지 상상하면 발걸음이 즐거워진다.

봄
날

기우뚱 허리 휘고
몸은 천근이지만
오늘도 살아있네

선물 같은 기쁜 날

내 인생의 화양연화

젊은 날의 초상&대전

'무대 장치'라는 뜻의 미장센. 패션 자체가 미장센인 장만옥이 출연한 홍콩 영화 〈화양연화〉는 '인생에서 가장 아름다운 순간'을 뜻하는 제목으로 더 유명해진 영화다. 누군가 "화양연화" 하고 말하면 마음은 과거로 시간 여행을 떠난다. 내 인생의 화양연화는 언제였던가 하고 말이다.

"화양연화, 나와라!"라고 외치니 지나간 순간들이 소리에 놀라 "저요, 저요!" 팔을 올린다. 하나를 콕 집는다면 아무래도 20대 학생 시절일 것이다. 책임에서 비교적 자유롭고 젊음 그 자체만으로 빛났으니까. 하지만 나 혼자만 그 시기를 지나온 게 아니므로 대전에서 보낸 4년을 꼽겠다.

회사에 들어간 후, 서울을 벗어나 대전에서 근무한 적이 있다. 군 생활을 제외하고 장기간 집을 떠난 적이 없었기에 내게는 인생에 한 번 올까 말까 한 사건이라 할 만했다. 이전까지 행동반경도 대부분 서울과 서울 근교의 수도권이었다. 일주일 중 5일은 가족이 살고 있던 도시를 떠나 대전에서 먹고 자고 일했다. 대전에 사는 이모님 댁에서 첫 해 1년을 보냈다. 마침 외사촌 동생이 군에 입대해서 방이 하나 비어있었다. 일요일 밤에는 서울에서 대전으로, 금요일 밤에는 대전에서 서울로 두 도시를 번갈아 오고 갔다.

업무차 한 달에 서너 번은 본거지인 대전에서 천안으로, 홍성으로, 청주로, 충주로, 논산으로 충청도 일대를 종횡무진했다. 하루에 100km 주행은 기본이었다. 차 안에서 혼자 보내는 시간이 많다 보니 생각도 많아졌다. 아마도 그때부터 한곳에 머무르지 못하는 방랑자의 습성이 몸에 배기 시작했을 거라 추측한다.

퇴근 후에는 오롯이 혼자만의 시간이었다. 술과 친하지 않아서 술 마실 동료를 찾을 일도 없었고 저녁 식사를 혼자 해결하고 나면 남는 건 시간이었다. 다리가 아플 만큼 걷고 잠이 들곤 했다. 대전을 떠나 다시 가족이 사는 곳으로 돌아가고 싶은 생각뿐이었다. 일주일에 한 번이지만 왕복 다섯 시간을 고속도로에서 쏟아붓고 대전과 서울을 오고 가는 일은 결코 만만치 않았다.

1년이 지난 후, 대전 근무가 연장되었다는 소식을 듣고 절망했다. 그 상황을 어찌 받아들여야 하나 며칠을 고민했다. 그러다 생각을 바꾸기로 했다. 계속 혼자 보내야 할 시간이라면 의미 있게 쓰자고 말이다. 이모님 댁을 나와 사택으로 거주지를 옮기고 둔산동에 있는 한 대학의 평생 교육원에 등록했다. 시 창작 강좌, 미술 실기 강좌, 사진 강좌를 듣고 아침에는 국선도 수련 등 4년 동안 배움에 목마른 학생처럼 가리지 않고 배웠다. 당시에는 그 시간이 좋은 줄 몰랐다. 항상 무엇인가에 빠져 있었으니까. 서울에 있을 때처럼 퇴근 후 가족과 대부분의 시간을 보냈다면 딴생각을 하거나 이처럼 다양한 활동을 하기는 불가능했을 것이다. 4년이란 기간은 무엇을 하든 집중하기에 충분한 시간이었다.

맨발로 걸을 수 있는 계족산 황톳길, 부추빵이나 팥빙수를 먹으러 가끔 들렀던 으능정이 거리, 성심당, 저녁노을이 통째로 창을 통해 들어오는 대전시청 고층 전망대 카페, 감기 몸살로 힘들 때 칼국수 한 그릇 비우고 거짓말처럼 몸이 싹 나았던 법원 앞 신도 칼국수, 유등천변 산책길, 대전시청 주변 보라매공원, 샘머리공원 등 그 당시 나를 응원하거나 위로해 주었던 공간들이다. 탄방동 산호아파트 뒤편부터 정부 청사로 이어진 공원길은 내가 가장 좋아하는 산책길이었다. 백발이 성성하신 노부부가 쭈글쭈글한 두 손을 맞잡고 단풍으로 덮인 보라매공원길을 걷던 모습은 십 년이란 세월이 지난 지금도 어제 본 것처럼 생생하다.

지난주 휴일, 오랜만에 대전을 다녀왔다. 메타세쿼이아들이 하늘을 찌르며 도열해 있는 장태산 메타세쿼이아 숲길을 걷고 나서 추억을 간직한 대전시청 주변으로 갔다. 가끔 들르던 동네 카페 자리에는 대형 커피 매장이 들어서 있었다. 명상 수련하던 국선도장은 그 자리에 그대로였다. 시청 주변 공원길을 걸었다. 오랫동안 타지를 떠돌다가 고향에 돌아온 느낌이었다.

대전에서 보낸 4년을 떠올리면 가슴이 먹먹하다. 아무리 그리워도 이젠 그 시절로 돌아갈 수 없으니까. 그때 만난 인연들도 지금은 그때의 사람이 아닐 수 있다. 떠날 생각만 하고 시간을 흘려보냈다면 대전은 그냥 잠시 머무른 한 도시에 불과했을 것이다. 무언가에 몰입했던 순간, 대전은 내 인생의 화양연화를 품은 특별한 공간이 되었다.

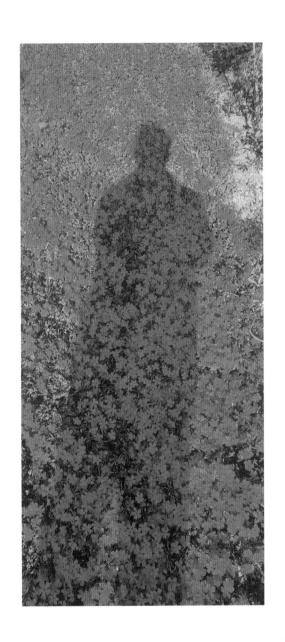

화
양
연
화
花
樣
年
華

앗, 뜨거워라
불 좀 꺼 주세요

마음 다 태우고
재만 남았네

2부

읽다

놀멍 쉬멍 걸으멍

제주도를 즐기는 특별한 방식

뭍에 사는 사람이라면 제주도에 특별한 추억이나 제주 한 달 살기 같은 로망 하나쯤 가지고 있을 것이다. 내게도 기억에 남을 특별한 추억거리가 하나 있기는 하다. 십여 년 전, 2박 3일 동안 자전거를 타고 해변 도로를 따라 섬을 일주했던 일이다. 올레길을 걸으면서 '어느 세월에 이 길을 다 걸을까. 제주 오기도 쉽지 않은데.' 그런 생각을 하던 차에 자전거를 타고 이동하는 라이딩족을 보았다.

시외버스 터미널 부근 자전거 대여소에서 자전거를 빌려 타고 3박 4일은 걸린다는 일정을 무리해서 2박 3일로 소화했다. 제대로 쉬지 못하고 페달을 계속 밟았다. 타이어 펑크가 많이 난다는 말을 듣고 바람을 넣지 않아도 가는 탄탄한 고무 타이어가 달린 자전거를 빌렸다. 펑크는 나지 않았지만 몇 배로 힘들었다. 마의 구간인 서귀포 송악산 근처 경사진 도로를 어찌 올라갔는지 지금 생각해도 아찔하다. 쉬엄쉬엄 느릿느릿과는 어울리지 않는 여행법이었다. 완주하고 나니 성취감은 있었다.

그래서 다음 해는 펑크가 나든 말든 편하게 가자는 마음으로 바람 채운 타이어로 다시 도전했다. 주변이 어두워지면 멈춰야 했는데 조금이라도 더 가겠다는 욕심으로 무리를 하다가 기어이 사고가 났다.

첫날, 한림쯤에서 바퀴가 도로 턱을 받고 충격으로 몸이 붕 뜬 것이다. 바닥에 떨어지는 순간 세상과 영영 이별하는 줄 알았다. 다행히도 다친 곳은 손가락 골절뿐이었다. 그 이후, 제주에서는 자전거와 결별했다.

제주도에 가면 몇 달치 걸음을 미리 다 걷고 오겠다고 작정이라도 한 듯 대부분 어딘가를 걸었다. 혼자일 때는 대부분의 여정을 걷는 것으로 채웠다. 제주도만큼 걷기에 딱 맞춰진 친환경 공간을 뭍에서 찾기란 쉽지 않다. 섬을 한 바퀴 일주할 수 있는 올레길이나 중산간에 있는 사려니숲길, 신비로운 숲 곶자왈 등 어디든 다양한 명품 길이 등을 내밀고 있다. 제주도에서 길의 끝판왕을 말하라면 아무래도 성판악 혹은 관음사에서 한라산 정상인 백록담을 찍고 내려오는 등산 코스일 것이다.

최근 '한라산 둘레길'이라는 또 하나의 명품 길을 알게 되었다. 일부 미개통된 구간을 제외하고 백록담을 중심으로 중산간 숲을 한 바퀴 도는 환상적인 코스였다. 9월 초, 제주도로 향했다. 도착 첫날부터 한라산 둘레길 서너 코스를 걷고 다음은 여유 있게 올레길 한 코스, 귀경하는 마지막 날은 한라산 백록담을 오르는 것으로 대강 일정을 짰다. 발과 다리가 고생이 많겠다는 생각보다 제주도의 환상 코스들과 코로나 이후 오랜만에 한라산 백록담을 간다는 생각으로 마음은 후끈 달아올랐다.

남쪽 최고봉 한라산 둘레길은 역시 북한산 둘레길과는 체급 자체가 달랐다. 서울 도심과 가까운 북한산 둘레길이 정감 있고 아기자기한 맛이 있다면, 한라산은 숲이 울창하고 걷는 사람조차 거의 눈에 띄지 않아 경외감과 긴장감이 동시에 들었다. 이틀 동안 둘레길 1, 3, 4코스를 조마조마한 마음으로 걸으며 행여 들개나 멧돼지라도 만나면 어쩌나 걱정되어 발걸음이 무의식중에 빨라졌다.

걷지 못한 코스는 다음 기회로 미루고 백록담을 오르기 전에 바다에 면한 올레길을 하루 동안 걷기로 했다. 다음 날, 조천에서 제주 시내 쪽인 삼양해수욕장까지 올레길을 걸으며 조천 바다 근처에 있는 북카페 '시인의 집'에 들렀다. 한 시간 동안 책을 읽고 바다도 보며 처음으로 넉넉한 시간을 보냈다. 저녁 무렵, 삼양해수욕장으로 내려가는 언덕에서 우연히 마주한 일몰 광경은 예상치 못한 여행의 보너스로 장엄하기 이를 데 없었다.

제주에서의 마지막 날, 한라산 백록담을 올라갈 때도 멋진 풍광에 발걸음을 멈춰야 했다. 하늘을 향해 기립한 삼각봉이 어찌나 장엄하던지…. 바람의 장난에 구름 옷이 벗겨지고 삼각 근육질 몸이 드러난 순간, 신비롭기만 해서 한참 동안 멍하니 바라만 보고 있었다. 하지만 백록담은 호락호락하지 않았다. 백록담 직전 2.7km 지점부터 시작된 나무 계단은 가도 가도 끝이 없었다. 곡소리가 저절로 입에서 튀어나왔다. 천신만고 끝에 백록담의 움푹 패인 화구가 눈에 들어왔다.

3박 4일 동안 미련 없이 걸었다. 한라산 둘레길은 요정이 살고 있는 듯 신비로웠고 바다가 보이는 올레길에서는 금방이라도 남방큰돌고래가 물에서 튀어나올 분위기였다. 관음사에서 성판악으로 이어지는 등산길은 9시간이나 걸리는 장거리 코스지만 한라산의 심장부를 지나왔다는 사실에 뿌듯했다.

제주도가 없었으면 어디서 이런 길의 종합세트 같은 체험을 할 수 있을까? 누가 뭐래도 우리나라의 보석 같은 섬, 마음만 먹으면 바다 혹은 숲을 보기 위해 어떤 길이든 걸을 수 있는 걷기의 천국이다. 제주도를 어떻게 즐길 것인가 하는 것은 각자 즐기는 방식의 문제다. 시간이 지나니 자전거 일주를 다시 해볼까 하는 생각도 스멀스멀 피어난다. 녹화된 동영상을 약간 빠르게 조절하고 보듯, 짧은 시간에 제주의 다양한 풍광을 볼 수 있다는 장점이 있다. 하지만 내겐 역시 걷기가 맞다. 모험보다는 안전을 생각해야 할 나이이니까.

제주도에 대한 로망은 가지고 있냐고? 제주도 한 달이나 일 년 살기 같은 로망은 없다. 다만, 앞으로도 이렇게 가끔 찾아가 쉬엄쉬엄 길을 걷고 한라산을 오를 것이다. 로망보다는 일상처럼 루틴하게 즐기는 게 최고의 사랑법이 아닐까. 그것 역시 꾸준히 하기 힘든 또 하나의 로망일지 모르지만.

아
무
튼,

오
늘

어느
멋진날

하늘님, 하늘님
오늘 기분이 어떠세요

붕 떠 있는 거
보고도 모르냐며…

넌 어때?

걷기의 악센트

단양 '구경시장' 구경 가기

악센트가 없는 연주는 상상할 수 없다. 연주에 생동감을 불어 넣어주니까. 악센트는 특정한 음의 음량을 강하게 표현하며 연주의 소금 같은 역할을 한다. 마찬가지로 걷기에도 악센트가 있다. 걷기의 고수라면 어떤 풍경이든 개의치 않고 걷기에만 집중하겠지만. 특별한 볼거리나 쉴거리가 있으면 걷기도 즐거워진다.

걷기의 악센트는 동네 책방, 잘 꾸며진 카페, 재래시장 등이다. 동네 책방에서는 마음에 드는 책의 책장을 넘기며 여유를 부릴 수 있고 카페에서는 잠시 쉬면서 생각을 정리하는 시간을 가질 수 있다. 반면, 재래시장은 걷기의 단조로움을 단번에 바꿔버리는 활력이 있다. 대형 쇼핑몰에서 느낄 수 없는 인간미가 느껴지는 공간이다. 재래시장에 발길이 가는 건 사람이 있는 풍경 사진에 손이 가는 이유와 같다. 풍경만 있는 사진은 아무리 잘 찍어도 무언가 빠진 느낌이다. 걷기나 사유도 사람이 들어와야 더 풍성해진다.

걷다가 이런 공간을 만나면 길에서 귀한 선물을 받은 기분이다. 공간의 성격이 다른 만큼 걸으면서 세 개의 공간을 한꺼번에 만날 확률은 거의 제로에 가깝다. 전 국토가 카페 천국이라 어디서든 볼 수 있는 건 카페뿐이다. 재래시장과 동네 책방은 아예 작정하고 찾아가면 모를까 길에서 우연히 만나기란 하늘에서 별 따기다.

단양 오일장도 우연히 만났다. 지난 휴일, 서울을 떠날 때는 단양에 가게 될지 몰랐다. 목적지는 제천이었으니까. 의림지 길을 걷고 올 생각으로 제천역 앞 버스 정류장에서 의림지행 버스를 기다리고 있었다. 버스 안내판에서 단양행 버스가 5분 후 도착한다는 표시를 보았다. 단양 가는 버스가 제천역 앞에 있을 줄이야. 단양은 내겐 그냥 먼 곳이었다. 단양까지 얼마쯤 걸리나 조회했더니 1시간 정도였다. 예매한 기차로 귀가하기에는 문제가 없어 보였다. 이참에 단양이나 가보자 하고 단양행 버스를 탔다. 의림지를 꼭 가야 할 이유는 없었다.

가는 날이 장날이라더니 단양 오일장이 열리는 날이었다. '구경시장'이라는 이름의 재래시장 안으로 들어갔다. 구경하러 많이 오라는 뜻으로 구경시장이라 했을까. 세련미는 없지만 시장 상인들의 의지가 듬뿍 담긴 이름처럼 느껴져 정겨웠다. 남한강 잔도길을 걷고 시장 근처까지 왔을 때는 눈에 띄지도 않던 사람들이 시장 안에 몰려 있었다.

시장만 봐서는 명절 전날, 도시의 상설시장 못지않은 열기였다. 시장 안은 구경하러 온 사람들로 북새통이었다. 단양이 먹거리의 성지라고 불릴 만큼 다양한 먹거리가 있다고 들은 적이 있었다. 실제 와서 보니 그랬다. 마늘 통닭, 마늘 만두, 마늘 떡갈비, 마늘 닭강정 등 마늘을 재료로 한 음식들이 넘쳐났다. 식당 간판보다는 사람들의 표정에 눈이 갔다. 파는 사람이나 사는 사람이나 대부분 밝고 활기가 가득했다. 삶에 의욕을 잃으면 시장을 가보라더니 단양에서 기가 제일 센 곳에 온 것 같다.

한과를 좌판에 늘어놓고 파는 가게 앞을 지나가게 되었다. 한과 10개가 든 한 봉지를 금세 먹어 치우는 식탐이 그냥 지나칠 수 있을까. 진열대에 놓인 시식용 한과에 손이 갔다. 골고루 입에 넣고 오물거리니 주인이 "한 봉지 사가셔야겠다"며 빙그레 웃었다. 한 봉지를 담아 달라고 했더니 덤이라며 몇 개를 더 담아준다. 이런 게 다른 곳에서 느낄 수 없는 재래시장만의 매력이다.

구경시장의 의미를 제대로 알았다. 단양팔경(八景)에 덧붙여 단양구경(九景)이란다. 즉, 단양에 오면 꼭 와야 할 명소라 해서 단양구경(九景). 구경시장을 나와서 한참을 걸었지만, 남한강은 끝내 얼굴을 보여주지 않았다. 얼음장 아래로 꽁꽁 숨어버려 걷는 내내 보였던 건 적막에 쌓인 얼음사막이었다. 한 번에 많은 걸 기대하지 말란 뜻인가. 끝없이 펼쳐진 얼음 사막과 사람들의 열기로 시끌벅적한 구경시장에서 반나절 만에 두 가지 상반된 분위기를 체험했다.

오늘 단양에서 감상한 연주회는 악센트를 확실하게 느낄 정도로 강렬했다. 갑자기 단양을 오게 된 것부터 구경시장을 만나게 된 것까지 과정이나 내용 모두 만족스러웠다. 걷기가 즐거운 이유다.

마
에
스
트
로

오늘은
통통 튀는 곳으로 갑시다
꽃들이 튀어나오게

봄이니까요

먹기 위해 걷는 건 아니랍니다

걷기와 미식의 즐거움

"밖모산? 박모산이 맞겠지…."

처음에는 눈을 의심했다. 설마 그런 이름을 가진 산이 있으리라곤 생각지 못했다. 앞으로 튀어나온 '밖'이란 외자가 미운 오리 새끼 같았다. 사위가 어두워질 무렵, 역으로 가기 위해 버스 정류장으로 향했다. 예약해 둔 무궁화 열차를 놓치지 않으려면 서둘러야 했다. 카카오맵은 올 때와 다른 정류장을 안내했다. 불을 밝힌 정류장이 시야에 들어오고 간판에 선명하게 표기된 '밖모산'이라는 글씨가 보였다.

포털 사이트에 '밖모산'이라고 치니 설명이 쭈욱 이어졌다. 의림지가 있는 곳이 모산동(못안이라는 발음에서 모산이 되었다고 한다.)이라고 하는데 모산동을 중심으로 안쪽 동네는 안모산, 바깥쪽 동네는 밖모산으로 부른단다. 어찌 '밖'을 앞에 배치할 생각을 했을까? 안모산은 그다지 이상해 보이지 않는데 밖모산은 아무리 봐도 눈에 거슬렸다.

제천은 '밖모산'처럼 알면 알수록 흥미로운 곳이다. 울고 넘는다는 '박달재'와 '천주교 베론 성지', '청풍호', '의림지'의 고장. 제천에 가기 전까지 알고 있는 것은 그것이 전부였다. 처음으로 찾아간 곳이 의림지였다. 그나마 귀에 많이 익은 곳이라서다. 의림지 둘레길이나 걷고 올 생각이었다.

경호루에서 의림지를 바라보니 경복궁 경회루와 창덕궁 부용지가 떠오를 정도로 눈이 번쩍 뜨였다. 운치 있는 섬이 떠 있는 것까지 비슷해서 궁 안에 있는 왕실 정원과 비교해도 손색이 없었다. 의림지 주변 송림은 경주의 계림처럼 신비로웠고 둘레길은 꿈길처럼 아득했으며 저수지 아래 용추 폭포는 고막을 흔들었다.

둘레길을 중심으로 길에서 나온 길이 또 다른 길로 이어졌다. 들판을 관통하는 초록길로 이어졌고 초록길은 다시 바람소리길과 제2의 의림지라고 하는 비룡담 저수지의 한방 치유숲길까지 연결되었다. 걷기에 집중하고 싶은 사람들에게 더할 나위 없이 좋은 공간이었다. 길이 많다고 어느 길을 걸어야 할까 고민할 필요는 없다. 제천역이든 터미널에든 시

내 중심가를 통과하면 어디서 걷든 연결되어 있으니까.

제천은 먹을거리까지 훌륭해서 미식의 즐거움까지 있다. 무엇을 하든 먹는 것만큼 중요한 게 없다. 잘 걸으려면 잘 먹어야 한다. 제천은 예로부터 한약재가 많이 생산되는 지역이라 다른 지역에서 맛보기 힘든 약선음식의 고장이다. 미식의 도시답게 '미식'과 '여행'을 테마로 '제천 가스트로 투어'라는 미식 여행 프로그램도 있다. 4명 이상 사전 예약자에 한해 해설사와 함께 걸으며 맛집 탐방을 한다고 하니 혼자 걷는다면 어느 맛집이든 알아서 찾아가면 될 것이다. 귀경길, 제천을 떠나기 전 마무리는 대개 역 근처에 있는 시래기 맛집 '시락국'에서 했다. 강된장으로 비벼 먹는 시래기밥과 된장국에 계란말이까지 진수성찬이 부럽지 않다.

걷기 위해 제천을 가끔 찾다 보니 지인 한 분이 음식 때문에 가는 건 아니냐고 묻는다. "설마, 음식 때문에 가겠어요?" 대답은 했지만 음식의 유혹도 있는 건 부정할 수 없다. 한 끼 정도는 꼬박꼬박 챙기고 오니까. 의림지에서 시작한 둘레길이 초록길, 한방치유숲길, 약선음식으로 이어질 줄 몰랐다. 처음에는 기대조차 하지 않았는데 이제는 진국이라는 느낌이었다. 밤모산이라는 지명도 더 이상 어색하지 않다. 그만큼 자주 찾아가서 가까워졌기 때문이리라.

제천을 알아가는 과정이 사람을 알아가는 과정과 흡사했다. 그냥 스치는 인연이라도 가볍게 여기지 않고 하나씩 알아가면 단단한 인연이 되는 것처럼. 처음에는 보이지 않았던 것이 나중에는 보이게 된다. 꾸준한 관심과 애정이 있다면….

꽃
감
옥

보잘것없으면서

꾸밀 줄도 모르는 죄

중년이란 무기수

3대가 덕을 쌓아야 한다고?

백두산 혹은 창바이산

'바다 건너 산 넘어 열 시간 이상 걸려 찾아온 사람을 문 앞에서 홀대하다니. 거기 있는 걸 뻔히 아는데, 아무리 대단해도 이럴 수는 없는 거지.'

야속하지만 어쩌랴. 나처럼 그를 보러 온 사람들이 한둘이 아니거늘. 마냥 기다릴 여유가 없어 서너 시간을 덜덜 떨다가 발길을 돌려야 했다. 눈앞에 펼쳐진 정경은 꿈이라 해도 이상할 게 하나 없는 비현실적인 장면이었다. 2,600m 이상 되는 고봉에 사람들이 바글바글 꽉 차 있었다. 비를 막기 위해 걸친 형형색색의 우비들은 안개 바다 위에 피어오른 꽃들처럼 보였다. 연신 바람에 흔들거리는 꽃들의 시선은 하나같이 하늘이 아닌 아래를 향해 있었다. 마치 해가 하늘에서 땅으로 떨어지기라도 한 것처럼. 안개는 도무지 걷힐 기미를 보이지 않았다. 산정의 싸늘한 기온에 비가 내리고 바람까지 가세하면서 몸은 오돌오돌 떨렸다.

불과 어제까지만 해도 서울의 폭염을 참아내고 있었는데 안개 바다에 빠져 허우적거리고 있으니 어찌 이 상황을 현실로 느낄 수 있겠는가. 바람이 안개를 밀어내고 천지의 푸른 자태를 보여줄 거란 기대는 접기로 했다. 처음에는 몰랐다. 여행사에서 이틀이나 연속 (북파와 서파에서) 천지를 보게 하려고 짠 여정의 의미를…. '풍광이 뛰어나서 천지의 다양한 모습을 보여주려고 하나. 아니면, 천지만 한 볼거리가 없다는 뜻인가' 하고 짐작만 했는데 천지 보기가 그렇게 어려운 거란 걸 뒤늦게 알게 되었다.

서너 달 전, 회사 등산 동호회에서 백두산 등정을 예고했을 때 귀가 솔깃했다. 천지를 품고 있는 우리 민족의 영산을 간다는데 더 이상 무슨 이유가 필요할까. 백두산을 간다는 건 천지를 보러 간다는 말과 동의어이기에 그동안 사진과 영상으로 본 천지를 직접 보게 된다는 사실에 가슴이 출렁거렸다. 등산 동호회 이름이 '백두대간'인지라 백두대간 회원답게 백두대간의 시작점인 백두산에는 꼭 가봐야 한다는 이유가 오히려 구차하기만 했다. 그렇게 백두산을 가야 할 이유는 차고도 넘쳤다. 다만, 우리 땅이 아닌 중국 땅으로 우회해 백두산이 아닌 중국명 창바이산이라는 이정표를 보고 가야 한다는 게 좀 거슬렸을 뿐이다.

사회주의 국가 영토 내 백두산은 우리 민족의 영산이란 이미지와는 다소 거리감이 있었다. 북쪽 언덕(북파) 코스, 산 아래에서 버스를 두 번이나 갈아타고 내린 지점에서 15분 정도 걸으니 정상이었다. 등산이나 산행길이라기보다 산책이나 관광에 가까웠다. 서쪽 언덕(서파) 코스도 버스를 두 번 갈아타고 내리니 천지가 있는 정상까지 1,442개의 계단으로 이어졌다. 안개에 가려진 천국의 계단으로 사람들이 사라지고 있었다. 마치 미련 없이 세상을 떠난다는 듯 심지어 앞뒤로 두 사람의 가마꾼이 들어 올린 가마를 타고 느긋하게 정상으로 향하는 사람도 있었다.

천지가 있는 천문봉 정상에 등소평이 쓴 '천지(天池)'라는 표지석과 중국의 영토임을 알리는 경계석, 쉴 새 없이 들려오는 중국어가 이곳이 중국 땅임을 확인시켜 주었다. 북파 쪽 대피소에는 비바람을 피해 모여 있는 사람들로 발 디딜 틈이 없었다. 아이부터 할아버지까지 일가족이 평상에 둘러앉아 컵라면을 먹는 모습이 인상적이었다. 중국인들에게도 백두산이 특별한 의미가 있는 건지 20대 중국의 젊은이들도 쉽게 눈에 띄었다. 반면, 한국에서 온 사람들은 대부분 중년 이상의 단체 여행객들이었다. 여행에서 가성비를 따지는 20~30대의 여행 취향이 고스란히 느껴졌다. 같은 값이면 굳이 중국 땅에 있는 백두산을 찾아갈 이유가 없는 것이다. 사람들은 긴 줄을 감내하고 '천지' 표지석 앞에서 환한 표정으로 인증사진을 찍으며 천지를 보지 못하는 아쉬움을 달랬다.

3대가 덕을 쌓아야 볼 수 있다는 천지, 그 말이 맞다면 이생에서 천지를 보기는 글렀다. 그나마 노트북 화면에 깔아놓은 천지 사진이라도 있어서 얼마나 다행인지. 짝사랑하는 상대방이 마음의 문을 열어주면 사랑은 이룰지언정 신비함은 사라질 것이다.

역설적으로, 천지는 자신을 보여주지 않음으로써 여전히 내게는 신비로운 대상으로 남게 되었다. 아쉽지만 그것도 괜찮아 보인다. 이루지 못한 사랑 하나쯤 가슴에 품고 사는 것처럼.

말
씀

채우기만 하지 말고
아낌없이 쏟아내라고
다 함께 나누라고

온몸으로 보여주는
저, 담대한 모습

겨울왕국에 엘사는 없어도

얼음 궁전에서 물윗길까지

제철 음식이 있는 것처럼 걷기나 길에도 제철이 있다면 대부분 봄과 가을일 것이다. 덥지도 춥지도 않은 봄과 가을만큼 걷기 좋은 계절이 없다. 꽃들도 따뜻한 봄을 물고 와 걷기의 제철임을 증명한다. 나뭇잎이 용광로처럼 타오르는 가을, 다시 사람들은 길을 메꾼다. 마음의 여백을 채우려고. 단풍이 바람의 빗질로 바닥에 뒹구는 날까지.

폭염 속에서 길을 걸어본 사람은 알 것이다. 초록이 햇살을 가려주는 숲길을 제외하고 여름이 얼마나 걷기랑 불화하고 있는지. "이런 날 걸을 생각을 하다니. 내가 우습게 보여?" 하면서 여름은 자외선이란 불량한 입김을 쏟아낸다.

어떤 걷기나 길은 겨울이 제철이다. 싱싱한 딸기는 봄, 시원한 수박과 달디단 복숭아는 여름이 제철인 것처럼 겨울에만 걸을 수 있고 겨울에만 제맛을 느낄 수 있는 길이 있다. 하지만 겨울은 호락호락하지 않다. 자신의 길에서 제맛을 느끼려면 봄이나 가을은 잊고 추위를 버틸 수 있는 사람만 오라고 엄포를 놓는다. 계절의 끝판왕답게.

물윗길이라는 이름을 처음 들었을 때 엉뚱하게도 무협지의 무술 고수들이 허공으로 날아올라 물 위를 뛰어다니는 상상을 했다. 학교 다닐 때 가끔 보던 김용의 무협지 영향이 컸나 보다. 물이 다니는 길도 아니고 물 위에 길이 있다니. 한탄이란 이름도 처음 들었을 땐 이름에 무슨 사연이 숨어 있기에 하필 '한탄'이라 했을까 싶었다. 다행히 '한 여울', 즉 '큰 여울'이라는 뜻이었다. 물윗길은 물 위에 설치한 부교로 한탄강의 주상절리를 감상할 수 있도록 3월까지 임시로 만들어 놓은 트레킹 코스였다.

지난 12월, 한탄강에 있는 물윗길을 걸었다. 동장군의 콧바람이 장난 아니라는 소문에 털모자와 장갑, 두꺼운 오리털 파카로 완벽하게 무장했다. 한탄강에 걸려있는 승일교에서 내려다본 강은 고요까지 얼어붙어 있었다. 얼음 궁전이 눈에 들어왔다. 겨울은 폭포가 있던 절벽을 감쪽같이 얼음 궁전으로 바꾸어 놓았다. 입구에서 엘사 공주라도 튀어나올 것 같은 신비로운 분위기였다. 물윗길 부교를 통해 겨울왕국 속으로 들어갔다. 주상절리와 기암괴석들은 거대한 성벽처럼 왕국을 둘러쌌고 왕국의 국민들은 얼음장 아래서 무슨 할 말이 많은지 두런두런거리고 있었다.

겨울의 한복판에서 걷는 내내 얼굴을 후벼대는 칼바람을 맞았다. 제철에 걷는 길의 맛은 짜릿했다. 추위나 칼바람이 없었다면 겨울왕국은 존재하지 않았을 것이고, 물윗길은 어느 계절에나 똑같은 느낌을 주는 평범한 길에 불과했을 것이다. 겨울이 제철인 물윗길은 세상에 공짜는 없다는 점에서 인생길과 닮았다. 봄이나 가을처럼 편안하게만 걸을 수 있는 길이 아니고 추위를 버텨내며 걸어야 하니까. 제철에 맞는 길이 있고 걷기가 있다고 해도 사람마다 거기서 느끼는 맛은 다를 것이다. 머릿속이 고민으로 꽉 찬 사람은 어떤 길을 걷든 쓴맛을 느낄 것이다. 길을 걸어도 마음은 지옥을 걷고 있을 테니까. 반면, 한탄강의 얼음 궁전이나 물윗길을 걷는다면 어떤 고민도 얼어버리고 오롯이 풍광에 집중할 것이다. 상상의 나래까지 펼친다면 혹시 아는가. 엘사 공주까지 보게 될지.

겨
울

패　션

지금 아니면

언제 입어 보겠어

날 풀리면 벗을 거야

내 인생의 시 한 편, 섬

천사의 섬, 비금도&도초도

섬에 대한 트라우마가 있다.

20대 후반 여름휴가 때, 5일 동안 섬에 갇혀 지냈던 적이
있다. 섬에서 시간을 보냈다기보다 갇혀 있었다는 표현이 정
확하다. 2~3일 섬에서 보낼 생각으로 포항 후포항에서 울릉
도행 배를 탔다. 태어나서 고래만 한 대형 여객선을 탄 것은
이때가 처음이었다. 6시간 반 이상 바다에 떠 있다는 사실만
으로 가슴이 설레었다. 하지만 태풍이 제주도를 지나 동해
쪽 울릉도를 향해 이동하고 있다는 우울한 예보가 들렸다.
섬에 도착하자마자 뭍으로 가는 배가 끊겨 섬을 언제 떠날
수 있을지 기약조차 할 수 없었다. TV에서는 태풍으로 2,000
여 명이 울릉도에 발이 묶였다는 뉴스가 나왔다.

태풍 전야처럼 섬은 고요했다. 나리분지와 성인봉을 서둘러 다녀왔다. 아직 오지도 않은 태풍을 두려워하며 민박집에서 가슴 졸이고 있기엔 시간이 아까웠다. 그 와중에도 바다는 야성을 회복한 들개처럼 흰 이빨을 드러내며 으르렁거렸다. 가지고 온 돈이 바닥나 민박집 주인 초등학생 딸의 공부를 봐주며 숙식을 해결했다. 배낭에 달랑 한 권 담아온 나관중의 소설 『삼국지』가 없었다면 얼마나 무료했을까. 책장을 넘기며 난세가 아니라 태풍이 지나가기를 기다렸다.

　마침내 거대한 에너지가 굉음을 내며 지붕 위를 쓸고 갔다. 태풍이 지나가는 소리였다. 밤하늘에는 섬광이 번쩍거렸다. 태풍의 눈이 하늘 어딘가에서 나를 노려보고 있는 듯했다. 언덕 위의 집과 함께 태풍 속으로 빨려 들어가지는 않을까 겁이 덜컥 났지만 밤은 무사히 지나갔다. 그날 이후, 섬은 만만하게 보고 갈 게 아니라는 것을, 즉흥적으로 섬으로 떠나는 것이 얼마나 위험한 것인지를 새삼 깨달았다.

　그럼에도 이후에 홍도, 흑산도, 추자도, 가파도, 마라도 등 이름만 들어도 귀가 솔깃해지는 섬들을 두루 다녀왔다. 울릉도에서 태풍으로 예상치 못한 고초를 겪었음에도 섬의 유혹은 뿌리칠 수 없었다. 언제 그런 일이 있었냐는 듯 특히, 등산 모임에서 섬으로 떠난다고 하면 기회를 놓치지 않았다. 단체에 끼어 가면 교통편과 숙식이 쉽게 해결되었기 때문이다.

최근, 무박 2일로 밤을 달려 서울에서 목포를 지나 신안군 비금도에 다녀왔다. 목포에서 섬과 연결된 압해대교와 천사대교를 건너 암태도 남강항 여객선 터미널에서 40분 동안 배를 타고 가는 비교적 긴 여정이었다.

바둑 천재 기사 이세돌과 천일염, 섬초라는 시금치(전국 최대의 시금치 재배 단지)가 3대 자랑거리라는 독수리 형상을 닮은 섬. 발을 내딛는 순간 '천사의 섬'답게 천사들의 축복이 기다리고 있을 것 같은 섬(신안군에 속한 섬이 1,004개라 천사의 섬이라고 한다). 일정에 산행이 포함되어 있었지만, 가벼운 트레킹 정도일 거라 짐작했다. 하지만 웬걸 비금도 상암 주차장에서 시작된 산행은 두 개의 산 정상(그림산과 선왕산)을 지나 하산 지점인 하트 해변(하늬바람이 넘어간다는 하누넘 해수욕장)에 도착할 때까지 결코 가볍지 않았다. 한참 오르막을 올라 봉우리에 다다르면 저편에 또 다른 봉우리가 나타나곤 했다. 다시 내려갔다가 올라가고를 반복하는 마의 코스였다. 그나마 바다를 닮은 마을의 초록 지붕, 칸칸이 쪼개진 농경지와 광활한 염전들, 마을 앞바다에 점점이 찍힌 작은 섬들, 산을 오르는 사람들을 반갑게 맞이하는 연분홍 진달래꽃들이 눈에 들어오지 않았다면 금세 지쳐버렸을 것이다.

비금도를 둘러보고 다리(서남문대교)로 연결된 도초도로 향했다. 도초도에서는 영화 〈자산어보〉를 촬영한 세트장이 가장 기억에 남았다. 영화의 주인공인 정약전이 기거했던 거처인데 대청마루가 바다를 품고 있어서 인생샷을 건지는 데 그만한 곳이 없었다. 누가 찍히든, 바다를 바라보는 뒷모습이 압권이었다. 동반한 동료들의 뒷모습을 찍어주면서 얼굴 없는 표정을 보았다.

섬은 시적인 공간이다. 섬 주위를 날아오르는 갈매기, 산 정상에서 내려다보이는 마을, 아슬아슬하게 절벽 위에서 몸을 지탱하고 서 있는 진달래… 이 모든 것이 흑산도로 유배된 정약전처럼 세상에서 격리된 유배자로 보이기도 하고, 때로는 세상과 불화하여 자발적으로 뭍을 떠난 자유로운 영혼들처럼 느껴졌다. 섬에 대한 트라우마가 있으면서도 나 역시 자발적인 유배자의 심정으로 다시 섬을 찾는 게 아닌가 싶다. 섬에서 머무르는 시간이 길지 않아도 뭍으로 돌아가면 섬에서 보낸 시간을 그리워하니까.

비
금
도

가슴까지 열어주고

자신의 어깨에 올라

세상을 품으라 하네

몸 둘 바를 모르겠습니다

황제 투어, 진도에서 흔들리다

지난해 어느 일요일, 오전 11시경 목포역에서 출발하는 진도 시티 투어 버스를 타기 위해 서울에서 내려가던 중 모르는 번호로 전화가 왔다. 걸쭉한 남도 목소리의 주인공은 자신이 진도 시티 투어의 버스 기사라고 소개했다. 예약한 대로 그 시간에 버스를 타실 건지 확인 전화를 했다고 한다. 꼼꼼하게 신경 써준다고 생각하니 기분이 좋았다.

목포역에 도착해 버스 승강장에서 기다리고 있던 대형 버스를 발견했다. 트로트계의 국민가수로 통하는 진도 출신 송가인의 상반신이 큼지막하게 버스 측면에 찍혀있어 단번에 알아봤다. 버스에 올라 실내를 보고 순간 눈을 의심했다. 심드렁한 표정을 짓고 있는 기사님 외에는 아무도 없었기 때문이다. 기사님으로부터 자초지종을 듣고서야 의문이 풀렸다. 애당초 예약한 일가족 한 팀이 아침에 예약을 취소하는 바람에 손님은 결국 나 혼자란다. 멀리 서울에서 내려오는데 일방적으로 운행을 취소하기가 마땅치 않아서 일정을 그대로 진행하기로 했단다. 고마운 일이지만 폐를 끼친 것 같아 마음은 영 편치 않았다. 나 하나 때문에 목포에서 진도까지 1시간이나 걸리는 거리를 운전하는 기사님께 말벗이라도 되어드려야 할 것 같아 기사님 뒷자리에 앉았다. 일요일은 토요일에 비해 통상 이용객들이 적지만 오늘 같은 상황은 처음이란다.

목포에서 진도까지 편하게 이동해 주요 명소를 들를 수 있으니, 시티 투어가 최선의 선택이었다. 원활하지 못한 대중교통으로 여러 곳을 둘러보기란 시간이 턱없이 부족하기 때문이다. 진도는 해남과 다리로 연결되어 이제 섬이라 할 수 없지만, 여전히 가기가 만만치 않은 곳이었다. 설령, 목포에서 시외버스를 타고 진도까지 간다 하더라도 진도에서는 제때 시간을 맞춰 이동하기란 불가능했다.

제주도, 거제도에 이어 남한에서 세 번째 큰 섬, 진도의 개들은 모두 주인에 충성스러운 진돗개일 테고, 추사 김정희의 제자이며 조선 남화의 대가인 소치 허련이 기거하며 그림을 그렸다는 운림산방은 글자 그대로 구름에 둘러싸인 신비로운 숲속에 있을 거라 상상했다. 임진왜란 때 이순신 장군이 13척의 배로 133척이나 되는 왜병의 함선들을 대적해서 승리한 울돌목이 있고, 어린 목숨들의 이름을 애타게 부르던 부모들의 절규가 아직도 맴돌 팽목항이 있는 아픔의 현장이기도 해서 진도는 꼭 한번 가보고 싶었던 섬이었다. 그래서 진도군에서 반나절 코스로 시티 투어를 운영하고 있다는 소식이 무척이나 반가웠다.

진도대교를 지나 버스는 잠시 정차했다. 진도군에서 운영하는 여행 프로그램이기 때문에 예정대로 진도군에서 활동하는 문화해설사가 동승한다고 했다. 곧이어 60대 후반 정도로 보이는 남성분과 30대 중반의 여성분이 버스에 탑승했다. 원래 한 분만 탑승하는데 일한 지 얼마 되지 않은 신입 해설사의 현장 교육을 위해 오늘은 두 분이 동반한단다. 오직 한 사람을 위해 대형 버스 한 대와 기사님, 두 분의 문화해설사가 준비된 셈이다. 살면서 한 번도 겪어보지 못한 웃지 못할 상황이었다. 지불한 만큼 그에 합당한 대접을 받는 거라면 마음이 편할 텐데 만 원도 되지 않는 비용으로 이래도 되는 걸까 싶었다.

오후 4시경, 가까스로 일정을 마치고 오던 길 그대로 다시 기사님과 목포로 돌아갔다. 온탕과 냉탕을 오고 갔던 하루였다. 대형버스 한 대를 혼자 독차지하며 여행할 기회가 또 찾아올까? 다시 일어나기 힘든 독특한 경험이었다. 모든 순간이 잊지 못할 여정이 되었다. 어쩌면 이런 예측하지 못한 순간들이 여행의 묘미가 아닐까 싶다. 예측 가능한 뻔한 여행이었다면 기억에 오래 남아있지도 않을 것이다. 좋은 일이 생겼다고 마냥 좋아할 것도 아니고 나쁜 일이 있다고 마냥 위축될 필요도 없다. 자기에게 배정된 행복의 총량은 비슷할 테니까. 그런 면에서 여행은 인생길과 닮았다.

숨
통

그대 들리는가

사방이 막혔을 때
어디선가 들려오는
천상의 물소리

벚꽃이 진다. 한 생이 간다

경주에서 삶과 죽음의 경계를 걷다

오래전, 아차산 등반을 위해 망우리 공동묘지를 지날 때였다. 팔을 뻗으면 닿을 만한 거리에 아파트가 정면으로 보였다. 산 자와 죽은 자의 공간은 멀리 떨어져 있는 게 당연하다고 믿었는데 다수가 서로 마주 보고 있는 정경은 상상해 본 적이 없어서 꽤 충격적이었다. 아파트에 사는 분들은 아침마다 베란다에서 묘지를 보고 어떤 생각이 들까? 하루이틀 보는 게 아니라면 감정이 무뎌져서 아무런 느낌도 들지 않을 수 있겠다.

엉뚱하게도 김영민 교수가 쓴 『아침에는 죽음을 생각하는 것이 좋다』라는 책이 떠올랐다. 김 교수님이 여기 살았다면 좀 더 생생하게 글을 썼을 텐데…. 책의 제목은 지금 살아있음에 감사하고 하루를 잘 시작하라는 의미이겠지만, 아침마다 묘지를 보는 심정은 그리 유쾌하지 않을 것이다.

중학생 때 수학여행으로 처음 가본 경주에서도 비슷한 경험을 했다. 태어나서 처음으로 보는 어마어마한 무덤들이 무리를 지어있는 모습은 그야말로 경이로웠다. 바다에 있어야 할 대왕고래들이 뭍에 올라와 있는 것처럼 놀라움 그 자체였다. 무덤은 인적이 드문 산에나 있어야 한다는 통념이 깨졌다. 무덤덤하게 무덤 주위를 오가는 사람들의 모습도 생경했다. 앨리스가 이상한 나라에 갔을 때 아마 이런 느낌이 아니었을까. 그렇다고 중학교 2학년생이 삶과 죽음의 거리를 따져보거나 죽음에 대한 성찰을 했던 기억은 없다. 당시의 나는 "죽기는 왜 죽어?"라는 생각으로 죽음 자체를 생각해본 적 없는 파릇한 애송이에 불과했다.

거대한 무덤을 하찮게 만든 것은 다름 아닌 벚꽃이었다. 벚나무들은 뼈대를 제외한 온몸을 살구빛으로 칠하고 보는 이들을 유혹했다. 벚나무를 배경으로 찍은 사진 속에서 무덤은 동네 뒷동산처럼 친근하게 다가왔다. 경주는 집을 떠나 태어나서 처음으로 가장 멀리 가보았던 타지였다. 벚꽃이 만개한 4월, 발그레 핀 꽃만 봐도 마음에 꽃비가 내리던 사춘기 시절 대릉원 돌담길에 이어진 벚꽃의 행진을 보며 벚꽃들의 고향에 왔다고 생각했다. 그렇게 많은 벚꽃을 한꺼번에 본적이 없었다. 피렌체란 지명이 '꽃들의 도시'라는 의미이듯 경주는 내게 '벚꽃들의 도시'가 되었다.

벚꽃 시즌이 되면 고향을 떠나온 사람처럼 한동안 경주앓이를 했다. 그리움을 견디기 어려울 때는 하루 일정이라도 가방을 챙겼다. 떠나기 전까지 경주 어딘가를 반드시 가야겠다는 계획은 없다. 오로지 경주만 가면 되었으니까. 가방에 상비약처럼 책 한 권 챙기면 준비는 끝이다. 바람에 몸을 맡기고 잠시 날갯짓하는 분홍색 꽃나비에 홀려 봉황대나, 노서동의 고분군 주변이나 월정교를 바라보며 남천변을 걸었다. 버스 터미널에서 동궁과 월지를 지나 계림, 첨성대 쪽으로 걷기도 했다. 걸음이 늘어날수록 생각도 많아졌다.

고찰 불국사와 선무도의 본가 골굴사에서 행하는 템플스테이에 참가하기도 했다. 새벽 3시에 졸린 눈을 비비고 일어나 불국사 대웅전에서 108배를 하고 토함산에 올라가 장엄한 일출을 마주했다. 석굴암에 들어가 가까이서 부처님을 뵈었다. 세계 각국에서 선무도를 배우기 위해 골굴사로 찾아온 파란 눈의 청년들과 수련의 시간도 가졌다. 놀라움으로 다가왔던 시내 고분군은 이제 더 이상 놀랍지 않다. 천년왕국 신라 백성들이 그러했듯이, 현재를 살아가는 경주 사람이 그러하듯이.

경주는 삶과 죽음이 가까이서 공존하는 도시다. 삶은 죽음을 두려워하지 않고 죽음은 삶을 부러워하지 않는다. 살아서는 죽음을 경험할 수 없고 죽어서는 모든 것이 끝난 상태이기에 서로를 두려워하거나 부러워할 필요가 없는 것이다. 삶은 삶대로, 죽음은 죽음대로, 서로를 침범하지 않는다.

경주의 벚꽃은 삶과 죽음의 경계에서 일상을 어찌 살아가야 할지 보여주는 인생에 대한 은유다. 살아있을 때는 무엇을 하든 절정의 순간처럼 치열하게 살고, 떠날 때는 두려움 없이 떠나라는…. 그것이 자연의 순리다. 삶과 죽음이 공존하는 공간이 어디 경주뿐일까. 망우리 공동묘지와 아파트처럼 죽음을 떠올릴지라도 두려워하지는 말라고 아침마다 속삭인다.

오늘도 잘 살아야겠다.

생

生

삶과 죽음의 경계
지척일지라도

살아있으면 춤추고
죽어서는 썩어간다

순한 게 전부가 아니었습니다

예향(禮鄕), 순천에 스며들다

"여수에서 돈 자랑하지 말고, 벌교에서 주먹 자랑하지 말고, 순천에서 인물 자랑하지 마라."

오래전 이 말을 처음 들었을 때 참 재미있는 표현이라 생각하면서 정말 그럴까 궁금했다. 무슨 근거가 있을까 찾아보니 여수는 항구 도시라서 부자가 많고, 벌교는 운동 잘하는 사람이 많아 주먹 센 사람이 많고, 순천은 출중한 인물이 많다는 뜻이란다. 직접 가서 눈으로 확인하고 싶은 호기심이 발동했다. 여수나 벌교는 가본다 한들 진짜 부자들이 많은지, 주먹들이 많은지 알기가 힘들 것 같고 그나마 순천에 가서 정말 인물들이 많은지 알아보는 것이 제일 쉬워 보였다. 거리를 걸으며 지나가는 사람들 얼굴을 살짝 엿보는 것만으로도 정말 인물감들이 많은지 알 수 있을 거라 생각했다. 열에 일곱 정도라도 눈에 들어온다면 기꺼이 나도 말하리라. 순천 가서 인물 자랑하지 말라고.

지난 주말, 순천에 다녀왔다. 설마 그 먼 거리를 얼마나 인물이 많은지 일일이 확인하러 갔을까마는 거리를 걷는 사람들의 얼굴을 자주 보기는 했다. 서울 종로나 강남 거리를 걸을 때와 비교해보면 그다지 잘생긴 사람이 많다는 느낌은 들지 않았다. 인물 잘난 사람도 보였지만 대부분 표정이 맑고 순박하게 보였다. 순한 사람들이 모여 사는 곳이라 순천이라 하던가. 그 말이 오히려 적당해 보였다. 때묻지 않은 순천만 갯벌이나 조계산에 둥지를 튼 승보사찰 송광사와 태고종의 본산인 선암사라는 명승 대찰 두 곳이 모두 순천에 있다는 점을 보더라도 순천에 사는 분들은 대부분 순할 것 같다. 사람의 성정도 주변 환경을 닮았을 테니까.

순천에 온 것은 처음이 아니다. 송광사와 가까운 불일암이란 암자에 이미 입적하신 법정 스님이 계셨다고 하여 불일암을 가기 위해 송광사 템플스테이에 참여했다. 『무소유』, 『오두막 편지』, 『인연 이야기』 등 법정 스님이 쓰신 책들을 읽고 그분이 어떤 곳에서 생활하셨는지 궁금했다. 그로부터 몇 해지나서 선암사 초입의 승선교와 선녀들이 내려온 누각이란 뜻의 강선루를 보기 위해 선암사에서도 템플스테이를 했다. 그때 선암사에서 송광사로 이어지는 천년 불심길이 있음을 알고 굴목이재를 넘어서 6시간 동안 12km 정도를 걸었던 기억이 생생하다. 5년 전에는 눈앞에 끝없이 펼쳐진 국가정원과 순천만 갯벌의 장엄함에 반했고, 아랫장이란 장터에서는 주말 밤에만 열리는 특별한 시장을 체험했다.

이번 순천은 어떤 모습으로 다가올까? 첫날은 선암사로 향했다. 절 입구에서 경내까지 이어진 길은 사색하기 좋았고 승선교와 강선루의 풍광도 여전히 반가웠다. 고요함이 출렁거리는 숲길 속으로 한 발 한 발 옮길 때마다 마음속 응어리가 조금씩 풀렸다. 승선교와 강선루는 선암사에서 가장 인기 많은 뷰포인트라 인증샷을 남기려는 사람들로 북적거렸다.

사람들을 피해 급하게 대웅전 근처에 있는 화장실로 향했다. 당당하게 '뒷간'이란 현판을 걸고 전라남도 문화재로 보호받는 해우소. 이곳은 정호승 시인 덕에 유명세를 탔다. 정 시인은 〈선암사〉라는 시에서 눈물이 나면 기차를 타고 선암사로 가라. 선암사 해우소로 가서 실컷 울라고 했다. 하지만 이곳이 울고 싶은 사람들의 성지가 되었다는 소식은 아직 들은 바 없다.

순천을 떠나기 전, 순천문화재 야행(夜行)을 경험했다. 사람들이 발산하는 기운과 문화의 향기가 거리마다 넘쳐났다. 여성 현악 3인조가 연주하는 영화 〈시네마 천국〉의 배경음악이 밤하늘에 울려 퍼질 때는 이태리 시칠리아로 시간 여행을 떠난 기분이었다. 서울의 대형 공연장에서 느꼈던 분위기 그대로였다. 행사를 즐기는 사람들의 표정은 하나같이 밝았다. 그 표정들을 보고 잊고 있었던 게 떠올랐다. 왜 그걸 기억해 내지 못했을까? 제일 잘난 얼굴은 웃는 얼굴이라는 것을…. 그걸 다시 기억해 내기 위해서 순천까지 왔나 싶었다. 잘난 인물들에 둘러싸여 나도 '순천에서 인물 자랑하지 말라'는 말을 신봉하게 되었다.

언젠가는

살다 보면
이런 날 다시 오겠지

그때는 몰랐지만
지금은 간절한

시간에도 품격이 있다면

대천, 카이로스의 시간 속으로

심기일전하기에 산이나 바다만큼 적당한 곳은 없다. 한 해를 정리하고 다가오는 새해를 맞이하기 전이라면 더더욱. 한 해 마지막 날 해넘이나 새해 첫날 해돋이를 반드시 보러 가야만 한다는 말은 아니다. 무한하게 펼쳐진 바다를 보며 해변을 걷거나 한 발 한 발 정상을 향해 발걸음을 내딛는 것만으로도 충분하다. 일상을 벗어난 곳이라면 산이든 바다든 여러 가지 생각들이 찾아올 테니까.

12월 마지막 주말, 겨울 바다로 향했다. 바람의 음률에 맞춰 춤추는 파도를 보면 많은 생각들이 찾아올 것 같은 예감이 들었다. 용산역에서 대천역까지 무궁화호로 2시간 50분이 걸렸다. 대천항에서 수산물 시장을 둘러보고 고개 너머

대천해수욕장까지 걸었다. 고개 하나를 사이로 풍광이 달라졌다. 대천항 쪽에는 연안 여객선 선착장, 수협 창고, 수산물 시장, 해수욕장 쪽에는 관광객들을 상대하는 식당, 카페, 광장들이 눈에 들어왔다. 수산물 시장은 활기가 넘쳤다. 호객하는 상인들과 관광객, 좌판 위에 널려있는 방어, 고등어, 갈치, 홍어 등 관광객들에 섞여 잠시 걸음을 멈추고 팔딱이는 고기들을 보느라 시간 가는 줄 몰랐다. 소매를 올려붙이고 흥정하는 상인들에게서 간절함이 느껴졌다. 숭고한 밥벌이에 추위 따위는 두렵지 않다는 걸 그들은 온몸으로 보여주고 있었다.

새해를 준비한다는 마음으로 왔지만 발길 따라서 걷는 것 외에 특별한 건 없었다. 걷다가 멈추고 다시 걸으며 눈에 들어오는 풍광과 사람들에게 시선을 주었다. 굳이 무엇을 계획하거나 작심하지 않았다. 이미 지나간 일들과 새해에는 무슨 일을 하고 싶다는 생각이 자연스레 떠올랐다가 사라졌다. 그냥 보내기 아까운 생각은 흔적을 남겼다. 딱 이 정도선에서 이런저런 생각이 머물다 가는 느낌이 좋았다. 일상을 벗어나면 생각의 속도는 느리지만 마음은 홀가분하다. 머리 위에서 활강하는 갈매기 울음소리를 따라가다가 신발 앞까지 밀려오는 어린 파도에 뒷걸음질 치며 넓은 바다가 주는 평화로움을 만끽했다. 지난 1년 동안 잘 버텨주었다. 새해를 맞이하는 각

오보다는 내가 나에게 위로와 격려를 먼저 해주었다. 오늘의 나를 1년 전의 나와 비교해 보았을 때 뚜렷한 변화가 있었다.

변화의 서막은 3월에 출판된 시집이 열었다. 시집 출판 이후 여러 가지 좋은 일들이 차례를 기다렸다는 듯 하나씩 일어났고 새로 알게 된 인연들과도 따뜻한 소통이 이루어졌다. 이런 일들은 예측하거나 계획한 일도 아니었다. 과연 잘 치러낼 수 있을까 고민했는데 그때마다 '못할 게 뭐 있나? 한번 해보는 거지' 하며 자신감을 가지고 집중해서 무조건 직진했다. 지나고 나니 잘 마무리했다는 생각이 든다.

한 가지는 분명히 알게 되었다. 아무것도 하지 않으면 아무 일도 일어나지 않는다는 사실이다. 보잘것없었던 과거를 떠올리고 주눅 들거나 다가오지 않은 미래에 대해 미리 걱정할 필요 없이 현재에 집중하는 것이 얼마나 중요한지 알게 되었다. 고명하신 쇼펜하우어나 니체조차 다음과 같이 말했다고 하지 않던가.

"오늘과 내일은 연속된 시간이 아니라 다른 시간이다. 과거와 미래는 잊어라. 오직 이 순간, 현재에 집중하라."

사람들은 자신에게 일어나는 사건의 양에 따라 시간의 흐름을 받아들이는 경향이 있다고 한다. 즉, 새로운 사건이 많으면 같은 시간도 길게 느껴지지만, 새로운 사건이 없으면 시간은 짧게 느껴진다는 뜻이다. 나이가 들수록 시간이 예전보다 빨리 흘러간다고 느끼는 것과 일맥상통한다. 아무래도 젊을 때처럼 일상이 다이나믹하지 않다 보니 새로운 사건이 일어날 확률도 적기 때문이다. 시간은 누구에게나 공평하다고 하지만 결코 공평하지 않다. 똑같은 시간이라도 무의미하게 시간을 보낸 사람에겐 그냥 흘러가는 것이고, 알차게 보낸 사람에게는 금쪽같은 시간이다.

그리스 신화에는 '카이로스'라는 '기회의 신'이 등장한다. 앞쪽 머리카락은 길지만 뒤쪽 머리카락은 없는 남성 신으로 기회는 오는 순간 잡지 않으면 놓쳐버린다는 의미를 담고 있다. 고대 그리스에서는 시간을 '카이로스'와 '크로노스'로 보았는데 '카이로스'는 타이밍과 경험을 중시하는 주관적-심리적 시간, '크로노스'는 기계적으로 흘러가는 객관적-물리적 시간을 뜻한다. 누구에게나 주어진 물리적인 시간인 '크로노스'의 시간이 아니라 자신이 의미를 부여할 수 있는 '카이로스'의 시간에 주목해야 할 이유다.

카이로스의 시간이 반드시 일상을 다이내믹하게 보내거나 이벤트처럼 새로운 사건이 일어나야만 하는 게 전부는 아니다. 자신이 하고 싶은 걸 하거나 가족, 친구, 연인, 동료 등 주변 사람과 소통하며 가치 있고 의미 있게 보내면 된다. 우리는 크로노스의 시간을 벗어날 수 없지만 마음먹기에 따라서 얼마든지 카이로스의 시간을 즐기며 살 수 있다. 중요한 건, 기회가 찾아올 때를 기다리지 말고, 좋은 생각이 떠오를 때 미루지 말고 바로 실행하는 것이다. '카이로스'라는 기회가 찾아온다면 머리카락을 꼭 움켜쥐는 건 기본이다.

눈
내
린
날

얼마나 좋기에

방방 뛰어다니냐고

아이들은 똑같다

아버지의 해방일지&목포

『아버지의 해방일지』를 읽고

작년 9월, 정지아 작가의 장편소설 『아버지의 해방일지』가 세상에 나와 서점 매대에 진열되었을 때 감각적인 표지와 '해방일지'란 제목에 시선이 꽂혔다. 하지만 선뜻 손길은 가지 않았다. 단, 세 글자에 불과하지만 사내 자식과 아버지의 정서적인 거리감까지 고려할 때 '아버지'만큼 무거운 단어가 없으니까. 만약, 권위주의적 가부장제도 이제 종말을 고해야 한다는 식의 뻔한 내용이라면 적지 않은 시간을 들여 굳이 이것을 소설로 확인하고 싶지는 않았다.

몇 장만 읽어 보자는 생각으로 책장을 넘기는 순간 손에서 책을 놓을 수 없었다. 강렬하고 도발적인 첫 문장과 아버지의 죽음 이후 장례식장에서 벌어진 상황, 다양한 군상들과 아버지와 있었던 사연을 해학적이고 유머러스하게 풀어간 전개 방식 등 독자들을 유혹할 만한 매력적인 요소가 한두 가지가 아니었다. '아버지가 죽었다. 전봇대에 머리를 박고…'로 아버지의 드라마틱한 죽음을 과감하게 첫 문장에 배치해 독자들의 관심도를 최대치로 끌어올렸다. 더구나 소설 속의 아버지는 내가 예상했던 권위적인 가장과도 거리가 멀었다.

이 작품은 과거 빨치산이었던 아버지가 돌아가신 후 3일 동안의 이야기다. 장례식장에 찾아온 문상객들을 통해 그동안 모르고 있었던 아버지의 진면목을 알게 되었다는 작가의 자전적 소설이다. 해방 이후 우리의 슬픈 현대사를 아버지와 상가(喪家)를 찾은 아버지 주변의 군상들을 사실감 있게 그려 한번 책을 잡으면 계속 읽게 되는 묘한 중독성이 있었다.

책을 일독하고 나니 아버지가 떠올랐다. 나는 아버지에 대해서 얼마나 알고 있을까? 가깝지만 때로는 멀게 느껴지고 반대로, 멀리 떨어진 존재 같아도 가까울 수밖에 없는 아버지였다. 빨치산 출신도, 사회주의자도 아니시고 잘날 것도 못날 것도 없으신 그렇고 그런 아버지. 책의 주인공인 아버지처럼 정치적인 신념이나 아버지의 다른 면모를 뒤늦게 발견했다는 등 거창한 이야기를 하려는 게 아니다. 전라도 남쪽

해안도시의 상업고등학교 졸업 후 가정을 꾸리고 밥벌이에 올인하셨던 나의 아버지와 정치적 신념이 확고한 빨치산 출신 소설 속 작가의 아버지는 단순 비교 대상이 될 수 없었다. 굳이 정치적 신념으로만 따지면 아버지는 김대중주의자에 가까웠다. 일제강점기 때 힘든 생활고 속에서 목포 명문 목포상업고등학교를 졸업했다는 자부심이 대단하셨다. 목포상고를 나온 선배 김대중 대통령에 대한 존경심 또한 이에 못지않았다. 김대중 대통령을 존경하고 민주주의를 신봉했음에도 가정에서 가끔 권위주의 사고방식을 드러내실 때는 거부감이 들었다. 내게 아버지란 무엇이었을까? 전형적인 권위주의적 가장, 여느 가장들처럼 가족들을 위해 돈벌이하시느라 애쓰셨고 자식이 잘되기를 바라던 분, 지금은 어머니를 먼저 하늘로 떠나보내시고 외롭게 하루하루를 보내시는 분, 내 가슴속의 아버지는 양지와 음지를 모두 가지셨다. 세상의 모든 아버지가 그러하듯이.

40대 초반에 대학병원에서 수술을 받았던 적이 있다. 수술실 앞 복도에서 주치의와 마주치신 아버지께서 하신 행동을 나중에 어머니께 들었다. 주치의 앞에서 무릎을 꿇고 자식을 살려달라고 간곡하게 말씀하시는 걸 보고 가슴이 무너졌다는 이야기였다. 어머니의 말씀을 기억해 낼 때마다 마음이 숙연해졌다. 아무리 흠이 좀 있다고 해도 이런 아버지께 내가 뭐라 할 자격이 있을까.

아버지께서 학창 시절을 보낸 목포를 다녀온 적이 있었다. 목포에 다녀와서 아버지에 대한 글을 쓰고 싶었는데 막막했다. 어떻게 풀어 나갈지 방향을 잡을 수 없었다. 살아계신 아버지의 공과 사를 쓰기도 그렇고, 행여 누가 되면 어쩌나 두려웠기 때문이다. 그만큼 아버지에 대한 감정이 복잡다단했고 아버지를 무어라 규정할 만큼 단순하지 않았다.

목포를 둘러보며 아버지의 힘들었던 학창 시절을 떠올리기란 쉽지 않았다. 아버지의 자랑스러운 모교인 목포상고는 인문계인 목상고등학교로 개명해서 역사 속으로 사라졌고, 현대식으로 멋지게 지어진 건물에서 일제강점기 때 학생이었던 아버지의 흔적은 찾을 수 없었다. 평범한 여행자들처럼 노적봉을 바라보며 유달산을 오르고 근대문화역사거리를 걷고, 강동원과 김윤석이 열연했던 영화 〈1987〉 촬영지인 달동네 시화 골목 벽화마을 길을 둘러보고 늦은 저녁에 독천식당에서 낙지비빔밥 한 그릇을 비웠다. 목포에서 가장 인상적인 건 해상 케이블카를 타고 찾아간 목포 앞바다의 섬 고하도였다. 고하도 해상 둘레길은 바다 위에 설치되어 너울성 파도라도 만났다면 꼼짝없이 용궁 속으로 끌려 들어갔을 것이다.

그 당시의 아버지라면 상상할 수 없을 정도로 목포는 발전했고 볼거리는 풍부했으며 거리에서 마주친 사람들의 표정은 밝았다. 10여 년 전 부모님을 모시고 목포와 영암을 찾았을 때는 아버지가 지난 시간의 흔적을 발견해 내려고 안간힘을 쓰셨고 무언가를 찾았을 때는 해맑은 소년의 표정이었다. 아버지도 한때 꿈 많은 소년이었고 학생이었음을 상상하지 못했다.

어쩌면 아버지께도 내가 알지 못하던 이면이 있을 것이다. 그 모습이 소설 속 화자의 아버지처럼 누구에게든 인간적이었다는 마무리는 아닐지라도, 아버지가 어떤 분이든 상관없이 나를 낳으시고 키워주었다는 사실만으로 고마운 일이다. 아버지가 아프지만 않으셨으면 좋겠다. 하루가 다르게 수척해지는 아버지를 볼 때마다 가슴이 저리다.

올해가 가기 전, 아버지랑 함께 목포에 한번 가볼 궁리를 한다. 혹시 내가 여태 모르던 아버지의 다른 모습을 알게 될지도 모를 일 아닌가. 그것을 안다고 달라질 건 없겠지만, 이제 모든 걱정에서 해방되어 남은 생을 편히 사셨으면 하는 바람이다.

나,

어

릴

적

가슴에 담으려면
눈 감고 떠올려 봐

오래 기억하려면
마음으로 바라봐

인연이라면 언젠가는

통도사&옛 친구와의 만남

30년 동안 한 번도 연락조차 하지 않은 벗을 만나러 가는 기분은 어떨까? 지난 2월, 금요일 하루 휴가를 내고 울산에 가서 30여 년 만에 입사 동기를 만났다. 당연히 동기를 만날 목적만으로 울산에 내려간 건 아니었다. 울산과 가까운 양산 통도사를 둘러보고 내려간 김에 동기를 볼 참이었다.

우리나라의 3대 사찰 중 하나로 부처님의 진신사리를 모신 통도사는 한 번쯤 가보고 싶었지만 좀처럼 기회가 나지 않았다. 만만한 거리가 아니기에 서울에서 선뜻 내려갈 엄두가 나지 않았던 것이다. 한 번쯤 보고 싶었지만 '언젠가 기회가 되면 보겠지'라는 의미에선 통도사나 그 동기는 비슷한 선상에 있었다.

법보사찰인 합천 해인사나 승보사찰인 순천 송광사는 이미 둘러보았기 때문에 통도사 방문은 밀린 숙제 같았다. 절집은 어디를 가든 텅 빈 공간이 주는 여유가 좋아서 자주 찾았다. 불신도가 아님에도 한때 1년에 한 번은 불국사, 마곡사, 골굴사, 송광사, 선암사, 미황사 등에서 2박 3일 템플스테이를 하기도 했다. 통도사를 보고 울산 시내로 와서 퇴근 시간쯤 친구를 만나 저녁을 먹기로 했다. 그 친구는 나와 입사는 같이 했지만, 일찌감치 회사를 그만두고 다른 업종을 택했다.

신입사원 교육 때 한두 달 같이 보낸 게 전부였다. 같은 부서에 근무한 적도 없고 각자의 근무지도 꽤 멀었다. 그럼에도 지금까지 기억에 남아있는 특별한 이유가 있다. 서로 다니던 대학이 가까워 시간을 보내던 공간이 겹쳐 공감대가 있었고, 입사 당시 신입이 맞나 싶을 정도로 여유와 낭만이 있어서 기억에 남았다. 꼼수를 전혀 모를 것 같은 순수한 모습도 마음에 들었다. 그때의 모습이 변하지 않았을 거란 확신이 있었다. 연락처를 알게 되어 고향이 울산이니 울산에 있을지 모른다는 생각으로 연락을 했더니 귀에 익은 특유의 경상도 사투리가 들려왔다. 고맙게도 나를 기억해 주었다. 겸사겸사 내려갈 테니 얼굴이나 한번 보자고 했다. 숙소까지 챙겨주려는 뜻밖의 환대가 고마웠다. 숙소는 미리 예약했기에 마음만 받기로 했다. 울산에 가서 통도사도 보고 옛 친구도 만나고 이런 환상적인 1타 2피가 또 어디 있을까? 설렘의 무게는 비슷했다.

부처님의 진신사리를 모신 불보사찰답게 통도사는 풍모가 남다른 대찰이었다. 절 입구까지 소나무 숲 사이로 난 무풍한송로는 사색하며 걷기 좋았다. 부처님을 뵈려면 세속에 찌든 마음을 정화하라는 듯 새소리와 물소리, 바람 소리만 귀를 스쳐 지나갔다. 추위를 뚫고 고개를 삐쭉 내민 홍매화 서너 송이가 방문을 환대해 주었다. 고찰답게 경내 곳곳에 시간의 무게를 드러낸 전각들이 눈에 박혔다. 부처님을 모시지 않은 대웅전 대신 금강계단으로 진신사리를 모신 공간에 가서 부처님께 인사를 드렸다. 청정도량을 먼저 들른 덕에 동기를 만날 땐 잔잔한 호수처럼 마음이 고요하고 담담했다.

고래잡이 기지였던 장생포항과 대왕암 주변을 둘러보고 저녁 식사를 했다. 동기는 세월의 흔적은 있었지만 외모나 마음 씀씀이는 예전 그대로였다. 마치 그동안 연락하고 지내온 것처럼 30년이란 시간적 거리가 무색하게 느껴졌다. 만약, 반대로 동기가 서울로 나를 찾아왔다면 나도 그런 환대를 해주었을까? 당연히 환대했겠지 싶으면서도 그런 상황은 일어나지 않은 가정에 불과하니 그저 동기에게 고마운 마음만 들었다. 이해관계가 없음에도 30년 만에 편하게 볼 수 있는 건 우리가 만났던 시절이 순수했음을 의미하는 것 같아 기분이 좋았다. '이렇게 30년 동안 만나지 못한 동기를 만나기도 하는데 가까이 있는 지인들과는 과연 잘 지내고 있는 건가' 자연스레 관계에 대해서 성찰해 보는 계기가 되었다. 관계에서 시간이나 거리가 얼마인가는 중요한 게 아닌 것 같다. 좋은 인연이라면 시간이나 거리에 상관없이 보이지 않는 끈으로 연결되어 있으니까.

주변에 있는 모든 사람과 무조건 잘 지내는 게 정답이라고 생각하던 때가 있었다. 그건 나만의 욕심이란 걸 뒤늦게 알았다. 생각이나 취향이 다르면 아무리 오랫동안 가까이 있어도 넘기 힘든 벽이 있다. 물론, 마음을 열지 못하는 나부터 돌아봐야 하지만. 그래서 30년이란 세월의 장벽을 뛰어넘어 만난 동기가 반가웠고 고맙기만 했다. 통도사와 동기를 만나러 간 여정은 겹치면서 묘하게 닮았다. 연이 닿았기에 1,300년 이상이나 고즈넉하게 한자리에 서 있던 고찰을 만난 거나 30여 년의 공백을 초월해서 벗을 만난 거나.

공손한

휴식

누가 우리를
갈라놓을지라도

슬퍼하거나
노여워하지 말자

이 순간을 기억하며

하슬라가 뭡니까?

그는 나에게로 와서 꽃이 되었다

"내가 그의 이름을 불러주었을 때 그는 나에게로 와서 꽃이 되었다."

김춘수 시인의 〈꽃〉이라는 시처럼 상대의 이름을 불러주는 것은 관계의 거리를 좁혀주는 청신호다. 그동안 내게 '강릉'은 바다와 해변의 도시, 커피의 도시라는 선입견에 머물러 있었다. 휴가철이나 휴일에 대관령을 넘어 바다를 보러 가는 휴양지, 안목해변 카페거리나 사천해변에 있는 보헤미안 박이추 커피 등.

그 옛날 강릉을 '하슬라'라고 불렀다는 사실을 알게 되었다. "하슬라" 하고 나지막하게 소리 내어 부르니까 강릉이 한 송이 꽃처럼 다가왔다.

몇 해 전, 처음으로 ktx를 타고 강릉에 갔을 때 정동진 근처에 있는 '하슬라아트월드'에 꽂혔다. 강릉에 가면 꼭 들러보라는 지인의 추천으로 순전히 하슬라아트월드에 가기 위해 강릉에 갔다. 바다를 배경으로 거기서 찍은 지인의 카톡 프사를 보고 배경이 너무 멋져서 바로 ktx 표를 예매했다. 인터넷에서 이미지들과 블로그들을 검색해 보고 비교적 많은 정보를 사전에 얻을 수 있었다. '하슬라'는 강릉이 삼국 시대 고구려 영토일 때 쓰던 옛 지명이라는 사실도 그때 알았다.

동해가 보이는 전망 좋은 언덕에 조각공원, 갤러리, 산책 코스가 모여 있는 기대 이상의 공간이었다. 아트월드 언덕에서 동해를 향해 바람을 온몸에 맞고 서 있었을 때 바다가 통째로 가슴속에 들어왔다. 이제는 내가 하슬라아트월드의 홍보대사라도 된 듯 지인들에게 강릉에 가면 꼭 들러보라고 추천한다. 하슬라아트월드의 설립자이며 설치 미술가인 최옥영 작가가 영월에도 '젊은 달 와이파크'라는 비슷한 공간을 운영 중이라는 소식을 듣고 최근에 그쪽도 다녀왔다. 기존의 미술관들이나 조각공원들과 비교해 봐도 작품의 종류, 배치 등 여러 면에서 특이했다.

2년이 지난 시점에서 최근 다시 강릉을 찾았다. 해파랑길의 일부 구간인 주문진 해수욕장에서 경포대까지 강릉 해변

길이나 걷고 올 생각이었다. 하늘과 바다를 보기 위해 자주 멈췄고 발걸음은 더뎠다. 주문진항에서 대구탕으로 늦은 점심을 하고 어시장에 들렀다. 좌판에 진열된 곰치, 대구, 꽁치, 광어 등 바다에 살던 푸른 생명체들이 눈에 들어올 땐 그냥 지나칠 수가 없었다. 보이는 게 다 신기하고 어시장 특유의 활기찬 분위기도 마음에 들었다. 맛있어 보이는 한과까지 한 봉지 사서 손에 쥐고 오물거렸더니 세상 부러울 게 없었다. 날이 어두워져 연곡 솔향기 캠핑장에서 해변길 걷기를 마무리하고 강릉 시내로 향했다.

도심에 가보니 강릉은 내가 알고 있던 예전의 바다 도시가 아니었다. 폐철도였던 공간에 조성된 월화거리에서 월화교를 건너 월화정까지 이어진 산책로는 야시장 등 볼거리, 먹을거리가 가득했다. 어디든 따스함이 느껴지는 정경이었다. 강릉역으로 가던 중 근사한 책방도 발견했다. 은은한 조명에 끌려 바짝 다가가니 입구에 'GO.re bookstore'라고 적혀 있다. 홈페이지 주소를 표기한 줄 알았는데 입간판에는 '고래책방'이라는 상호가 선명하게 박혀 있었다.

지방 도시에 대형 서점이라면 교보문고나 영풍문고 정도만 떠올랐는데 강릉의 향토 서점이 뿜뿜 빛을 내며 버티고 있는 것이 너무 대견스러웠고 반가웠다. 외관도 세련되고 품위 있는 것도 모자라 책들의 배치, 독서 공간 등 내부 인테리어도 흠잡을 데가 없었다. 신사임당, 율곡이이, 허난설헌 등 걸출한 문인들을 배출한 강릉의 대표 서점답게 강릉의 문화적인 자존심처럼 보였다. 규모 면에서 서울의 대형서점과는 비교할 수 없지만, 4개 층의 멋진 독립 건물을 오롯이 책 관련 내용으로 채운 트렌디한 책방이었다. 뭍에 올라와 책방의 마스코트가 된 푸른 고래 한 마리를 운 좋게 만났다. 여행의 마무리를 좋아하는 책방에서 하게 되니 반나절 걸으며 쌓인 피로가 싹 가셨다.

"하슬라" 하고 발음하면 이제 언덕 위 근사한 '하슬라아트월드'와 '고래책방'이 떠오른다.

이
카
로
스
의

꿈

날개를 펼쳐도
날아오를 수 없어
다시, 추락할까 봐

그래서
오늘도 걷는다

3부

쓰다

가장 진지한 고백

장욱진 회고전을 다녀와서

주말 오전에는 특별한 일이 없는 한 동네 카페에서 글을 쓴다. 카페를 찾는 사람들이 뜸해서 글을 쓰기 좋다. 오후 1시경까지는 자리를 뜨지 않으려고 한다. 그 시간 이후에는 카페 손님들이 늘어나 집중하기 힘들기 때문이다. 그래 봤자 한 달에 두세 번 정도지만 이제는 루틴이 되었다.

글을 쓰는 일은 매번 만만치 않다. '무엇을 쓸 것인가'가 정해지면 다음 단계는 '어떻게 나만의 색깔로 풀어낼 것인가' 하는 벽과 마주해야 한다. 글을 그냥 쓴다고 다 글이 되는 건 아니니까. 자기만의 독창성이 묻어나야 하고 글을 마무리하는 순간까지 일관된 주제로 풀어나가야 한다. 긴장의 고삐를 느슨하게 하는 순간 글의 흐름이 바뀌어 엉뚱한 방향으로 흘러가 목적지와 다른 장소에 가 있다.

하고 싶은 말이 많을 때, 생각의 실타래가 얽히거나 생각이 설익은 상태에서 무리하게 글로 옮기려 할 때 이런 일이 발생한다. 문장에 마지막 방점을 찍어도 끝난 게 아니다. 다시 읽어보면 어디선가 숨어있던 흠결이 머쓱하게 머리를 긁적거리며 나타나니까. 그래서 글은 생각을 많이 할수록, 많이 쓸수록, 쓰고 다시 볼수록 점점 나아진다고 하는 것 같다.

이런 과정을 고상하게 '창작의 고통'이라고 하는가 싶지만 벽에 막혀서 앞으로 나아가지 못할 때는 그런 표현까지 붙이긴 다소 민망하다. 제대로 한 줄이라도 어서 쓰고 싶은 생각뿐. 독자 입장에서 대체 무슨 말을 하는 건지 가늠하기 어렵거나 재미나 여운 등 글맛조차 없다면 잡문이라 해도 할 말이 없다. 그럼에도 글쓰기를 멈출 수 없는 이유는 글은 쓸수록 좋아진다는 믿음과 이런 과정이 나에게만 닥치는 건 아닐 거란 생각 때문이다.

이런 고민거리를 멋지게 글로 풀어낸 문장을 최근에 미술관에서 만났다.

"나의 경우도 어김없이 저항의 연속이다. 행위(제작 과정)에 있어서 유쾌할 수만도 없고 결과(표현)가 비참할 때가 많다. 이러다 보니 나의 일에 있어서는 저항의 연속이 아닐 수가 없다. 일상에서 나는 저항 속에서 살며 이 저항이야말로 자기의 존재라고 생각하고 있다."

창작의 고통을 '저항에 부딪힌다'고 표현하다니. 작가가 무엇인가에 저항하는 것은 필연적이고 이걸 극복하면서 자기 존재감 혹은 독창성을 확보할 수 있다는 뜻으로 다가왔다. 이런 폼나는 말을 하신 분은 장욱진 화백이다. 1969년 동아일보에 기고한 '저항'이란 글의 한 대목이었다. 이 글을 보는 순간, 속이 뻥 뚫리는 기분이었다. 그림의 대가조차도 나랑 똑같은 고민을 한 거니까. 화백은 미술 작품 창작의 고통을 말했지만 미술에 한정되는 말은 아니었다. 큐레이터가 전시장 입구 벽면에 띄운 화가의 글은 작품을 보기도 전에 한동안 그 자리를 떠나지 못하게 했다.

장욱진 화백의 작품은 언제 봐도 새롭고 신선하다. 처음 작품을 직접 보게 된 건 5년 전 양주시립장욱진미술관에서였다. 한때 작업실이 있었다는 이유로 양주시에서는 산 아래 전망 좋은 곳에 근사한 미술관을 만들어 장 화백을 기리고 있었다. 미술관을 처음 방문했을 때 건물 외관을 보자마자 첫눈에 반했다.

언덕 위의 하얀 이층집 건물은 왕자와 공주가 알콩달콩 살고 있을 법한 동화의 나라 속 작은 궁전 같았다. 궁전 안 벽면에는 방마다 보물 같은 그림들이 걸려 방문객들을 환대했다. 작품을 보았을 때 첫인상을 말한다면 딱 이런 느낌이었다.

"이렇게 단순하고 간결하다니!"

간결한 필치로 그려진 그림 속 세상에는 나무와 산, 해와 달, 까치와 제비, 길과 집, 어린아이를 포함한 가족들이 있었다. 단순 간결하지만 해학적이고 마음이 편안해지는 그림들이었다. 그림이 간결하니 여백이 많아서 상상할 여지가 많았다. 만약, 나에게 그림 속 비슷한 배경을 보여주고 그리라고 하면 어떻게 표현했을까? 힘 하나 안 들이고 단번에 쓱싹 그린 것처럼 보이지만, 이런 그림은 어린아이처럼 마음이 순수해야만 그릴 수 있을 것이다.

'저항'이란 글에서 보듯 장 화백은 선입견과 관습에 저항하는 과정을 통해 이런 독창적인 그림을 그렸을 거라 판단된다. 장욱진 화백에 대한 자료를 찾아보니, 장 화백의 독창성을 확인할 수 있는 대목이 여럿 있었다. 소년 시절, 성홍열에 걸려 잠시 예산 수덕사에서 요양 중일 때 만난 서양화가 나혜석이 장 화백의 그림을 보고 자신이 그린 그림보다 낫다며 극찬했다거나, 일본 유학 시절에도 일본인 교수의 수업 내용대로 따라 하지 않고 다양한 작품들을 감상하며 독창적인 방식으로 그림을 그렸다는 내용이었다.

덕수궁 현대 미술관에서 〈가장 진지한 고백: 장욱진 회고전〉이 열리고 있었다. 학창 시절부터 작고할 때까지 60년간 창작활동의 결과물인 270여 점의 작품이 전시되었다. 가장 기억에 남는 작품은 등장인물의 자세가 화가의 평소 모습과 빼닮았다는 1973년 그림과 황금빛 들판 사이로 난 빨간색 논길을 걷는 화가를 그린 1951년 작품이다. 제목은 모두 동일한 '자화상'이다. 1951년 작품은 고흐의 '밀밭 위의 갈까마귀 떼'를 연상하는 작품으로 배경과는 어울리지 않게 연미복을 입고 한 손에 우산을 든 화가가 길을 걷고 있었다.

가르마를 탄 채 콧수염을 기르고 영국풍 신사복을 입은 화가를 보는 순간, 떠오른 건 엉뚱하게도 영국 저항운동의 상징 가이 포크스였다. 영화나 TV에서 본 가이 포크스 얼굴이 오버랩 된 걸 보면 장 화백이 진작에 가이 포크스의 얼굴을 사진에서 보고 비슷하게 그렸나 상상도 했지만 자세히 보면 닮은 구석이 있었다. 어찌되었건 장 화백이 말한 '저항'이란 글을 연상하게 하는 작품이었다. 6·25 전란 중 고향인 충남 연기군에 있을 때 상상하여 그린 그림으로 전쟁의 혼란 중에서도 계속 그림을 그리겠다는 작가의 결의를 반영한 작품이라고 한다. 1973년 작품인 '자화상'은 모든 배경을 생략하고 오로지 사람의 형상만 그린 인물화로 연륜이 쌓일수록 간결함을 추구한 화가의 마음을 엿보는 것 같아 1951년 작품과 비교가 되었다.

"나는 심플하다"라고 공개적으로 선언한 화가 장욱진. 그 말대로 그는 그림도 심플하게 그리고 인생도 심플하게 살다가 세상을 떠났다. 겉으로 보기엔 대부분 심플한 작품이지만 그는 끊임없는 저항을 통해 자기만의 독창적인 작품 세계를 완성했다. 어쩌면 그는 "심플한 것이 위대하다"라고 말하고 싶었는지도 모른다. 문학에서 간결하지만 많은 생각을 하게 하는 문장을 잘 쓴 글로 여기는 것처럼.

무엇에 빠진다는 것은 집중한다는 것이고, 집중하기 위해서는 주변이나 생각이 심플해야 한다. 미술뿐만 아니라 문학이나 음악 등 예술을 하는 사람에게는 반드시 필요한 덕목일 것이다. 대가의 전시회를 보고 나서 다시 한번 마음을 추스른다. 모든 문제의 답은 복잡한 걸 단순하게 재구성하는 심플함에 있다. 내가 글을 쓰면서 자주 막히는 이유도 마찬가지다. 생각은 많은데 그걸 제대로 풀어내지 못하니까. 글을 잘 쓰려는 욕심이 과하면 생각의 실타래가 꼬이게 되고 결국 글도 산으로 올라간다.

나,

장
욱
진

외길만 걸었네
외롭지는 않았다네
보이는 것마다
말을 걸어왔으니까

나도 단지 배경이었다네

글의 향기에 매혹되다

박화진 작가의 『아끼는 마음』을 읽고

읽고 있는 책이 있어도 책방에서 눈에 쏙 들어온 책이 있으면 기어이 사서 손에 들고 나와야 직성이 풀린다. 책을 구입하는 것에 대해서는 가급적 돈을 아끼지 않는다. 1일 1라떼처럼 오래전부터 내게 허락한 소소한 사치 중의 하나다.

대형 서점과 중고 서점, 동네 책방까지 접근성이 좋아서 일주일에 한두 번은 책방을 찾는다. 방문 횟수에 비례해서 내 서재의 책장도 점점 밀도가 높아진다. 좋은 책과의 만남은 좋은 인연만큼이나 소중하다. 껍데기만 책의 얼굴을 한 책도 많기 때문에 책을 고르는 데 신중해질 수밖에 없다.

표지나 제목에 꽂혀서 구입했는데 전개와 표현 방식이 뻔해서 새로울 게 전혀 없는 책이 있는 반면, 제목이나 표지는 그다지 눈에 띄지 않는데 책장을 펼쳐보니 금쪽같은 문장들로 가득한 향기로운 만남도 있다. 가장 무난한 만남은 눈에 익은 작가 이름만 보고 책을 고를 때다. 그런 책은 검증된 작가의 책이라 그다지 실망하는 법은 없지만, 문체나 문장에 이미 익숙해져 있기 때문에 새로울 것도 없다. 그래서 마음에 쏙 드는 책을 발견했을 때, 더구나 이름이 알려지지 않은 작가가 썼다는 걸 알았을 때 좋은 인연을 만난 것처럼 반갑기만 하다.

최근 그런 특별한 책과의 만남이 있었다. 복숭앗빛이 스며든 표지에 수줍은 듯 작은 글씨로 박힌 '아끼는 마음.' 책을 열어보면 그 속에 아끼는 마음이 잔뜩 쌓여있을 것 같은 산뜻한 느낌의 책이었다. 문장이 평범하지 않은 에세이집이다. 글도 사진도 시심을 품고 있어서 그야말로 한 조각 한 조각 바게트 뜯어 먹듯이 자꾸 씹어봐야 그 맛을 제대로 느낄 수 있는 책이다.

대부분의 책이 그러하듯이 메이저 출판사에서 나온 책도, 유명 작가가 쓴 책도 아니기에 작품성이 뛰어남에도 시장에서 제대로 인정받지 못하는 책 중의 하나였다. 글쓰기의 영토를 에세이까지 확장하고 싶어서 가입한 브런치에서 이런 귀한 책을 만난 건 행운이었다.

작가가 브런치에 올린 '목에 걸린 줄 알았는데 마음에 걸린 거였어요'라는 다소 긴 제목의 글이 이 책과 연결고리가 되었다. 달리기를 무엇보다도 싫어하던 작가의 10km 마라톤 체험기였다. 처음부터 문장이 시처럼 통통 춤을 추고 있었다. 이 글은 작가의 생각을 잘 버무려 친구 이야기를 하고 있었다.

왜 별처럼 반짝이는 수많은 작가의 글 중에서 유독 이 작품에 꽂혔을까. 내가 마라톤에 관심이 많아서였을까. 하긴, 그리 말해도 틀린 이야기는 아니다. 마라톤과 글쓰기를 병행하는 하루키나 김연수 작가와는 체급이 다르지만 두 가지를 즐기는 같은 종족이란 연대감은 가지고 있으니까. 마라톤이 힘들었다고 하면서도 내용은 경쾌하고 밝았다. 마라톤만으로도 다양한 이야기를 끌어내다니, 따뜻하고 섬세한 필치로 마음을 어루만지는 글이었다.

어떤 작가인가 궁금해서 프로필을 찾아보고서야 『아끼는 마음』이라는 따끈따끈한 책을 출간한 어엿한 작가이며 등단 시인임을 알게 되었다. 책을 구해 본격적으로 읽기 시작했다. 무심코 넘긴 책장에서 책에 대한 단상이 눈에 들어왔다.

"좋은 책은 가장 쓸모 있고 올바르고 따뜻한 심장을 가진 말들을 고르고 골라 만든 최후의 것이다."

산에 대한 이야기에서는 '산을 업다'라는 재미있는 제목이 시선을 사로잡았다. 산에 대한 상상을 하면 기껏 '산의 품속에 안기다'라는 표현이 떠올랐을 뿐인데 산을 업다니. '산은 나에게 사색의 공간이다'라고 시작하는 글에서 그 사색은 이내 생각과 깨달음이 아니라 산에 오르면 힘들어서 얼굴이 사색이 된다는 뜻임을 고백한다. 그렇다면 산은 힘들어서 가고 싶지 않다는 말이 나와야 할 텐데 그래도 산에 가겠다고 고집한다. 작가보다 산에 더 많이 올라갔을 거라 확신하는 나로서는 분명히 말하건대 산은 오를 때마다 힘들고 내려갈 때 발걸음은 가볍다. 내려갈 땐 배낭이 가벼워지고 산행을 이제 무사히 마치는구나 하는 안도감이 드니까. 그럼에도 불구하고 작가의 표현이 틀렸다고는 말할 수 없다. 경험에서 느낀 건 다를 수 있으니까.

책에는 작가의 관심사들에 대한 사색의 산물도 소박하게 담겨있다. 마지막 페이지를 넘기고 나니 고급 식당에서 뛰어난 요리사의 코스 요리를 즐기며 따스한 시간을 보낸 느낌이다. 음식마다 '아끼는 마음'이라는 양념이 과하지도 부족하지도 않게 배어있어 책을 읽는 내내 오롯이 맛에만 집중할 수 있었다.

작가의 글을 계속 볼 수 있기를 바란다. 1년 후, 10년 후 혹은 중년이 되었을 때 작가가 보여주는 무늬는 또 다를 테니까.

종
이
탑

사색하지 않고
행하지 않으면

바람의 입김에도
무너지는 탑

새로운 발견

책&음악&인연

새로운 발견은 언제나 즐겁다.

오전에 들른 새로 개업한 동네 빵집, 방금 오븐에서 꺼낸 따끈한 소보로빵, 리모컨으로 TV 채널을 누르다가 단번에 시선을 끌어당긴 모 방송국 창사 특집 다큐멘터리 '고래와 나', 주말 카페에서 라떼 대신 주문한 겨울 메뉴 뱅쇼의 달달한 맛, 동네 산책길에서 만난 아기 들고양이 형제들, 안희연 시인의 시집 『여름 언덕에서 배운 것』이나 박연준 시인의 에세이집 『따뜻한 포옹』의 책장을 넘기다가 한눈에 꽂힌 문장 등.

어제와 같은 일상 같지만 엄연히 어제와 다른 일상이기도 하다. 그저께 퇴근 후에는 동네 책방에서 마음의 온도를 1도 정도 높여준 새로운 발견이 있었다. 책 표지가 맘에 들어 기

회 되면 읽어보리라던 철학자 쇼펜하우어 관련 책을 찾던 중
『놀 수 있을 때 놀고 볼 수 있을 때 보고 갈 수 있을 때 가고』
라는 에세이 책 한 권이 눈에 들어왔다. 책 제목이 길고 직설
적이라 호기심이 발동해서 그냥 지나칠 수가 없었다. 문장력
이나 은유가 그다지 뛰어나다고도 볼 수 없는데 묘한 중독
성이 있었다. 삶에서 우러나온 작가의 생각과 주장이 어찌나
명쾌하던지. 책장 뒤표지에 담긴 류근 시인의 "상쾌한 책이
세상에 나왔다. 기쁘다"라는 추천 문장처럼 공감이 가는 문
구였다.

"맨날 가는 곳만 다니면 사람이 정체된다. 콘텐츠가 재산
이다. 그 사람에게 들을 이야기가 있어야 만나고 싶은 것이
다. 좋은 사람들끼린 바쁜 일 없다. 열정과 호기심은 없는 시
간도 만들어 낸다. 충고하지 말고 밥이나 사라."

어찌 보면 뻔한 내용이지만 절로 고개가 끄덕여졌다. 작가
는 이 책의 내용대로 인생을 살고 있을 것이다. 책이 곧 사람
이니까. 쇼펜하우어 책의 내용은 우월적인 위치에서 독자들
을 가르치려 하지만, 이 책은 자신의 경험담을 예로 들어 독
자들의 고개를 끄덕이게 한다. 그렇다고 쇼펜하우어란 걸출
한 철학자의 글과 어찌 비교를 하냐고? 150여 년 전 세상을
떠난 철학자의 말보다 생존하고 있는 작가의 말이 더 솔깃하

게 들리는데 어쩌랴. 점잔 떨지 않고 눈치 안 보고 할 말 다 하는 그런 책이니.

인생을 살아오면서 느낀 묵직한 화두를 경쾌하고 재미있는 문장으로 풀어낸 점에 후한 점수를 줬다. '이런 책은 돈을 내고 사 봐야지'에서 '이런 책은 사서 선물해도 되겠다'라는 생각으로 업그레이드되었다. 혼자 읽기 아까우니까.

올해는 유독 책이나 책을 통한 새로운 발견(혹은 만남)이 많았다. 그중에서도 내 책을 좋아해주신 정지원 작가님도 알게 되었고 그분이 소개해준 노래 또한 기억에 오래 남을 만한 새로운 발견이라 하겠다. 책을 읽거나 무언가를 배우는 걸 무척 좋아하고 하루하루를 열정적으로 사는 작가님에게 오히려 좋은 자극을 받고 있었는데 소개해준 노래까지 평범하지 않았다. 소프라노 손지수의 '내 영혼 바람 되어'라는 노래를 알게 된 이후 귀에 못이 박히도록 들었다.

겨울바람 몰아치는 제천 들녘을 걸으면서 들었을 때는 돌아가신 어머니의 음성을 듣는 듯, 눈시울이 뜨거워졌다. 어머니께서 안타까운 심정으로 "애야, 어딜 그렇게 가니? 이제 그만 마음 추스르고 잘 지내" 하고 말씀하시는 것 같았다.

'그곳에서 울지 마오. 나 거기 없소. 나 그곳에 잠들지 않았다오. 그곳에서 슬퍼 마오.'

세상을 떠난 사람이 남겨진 이에게 독백하는 형식으로 된 영시를 번역한 이 곡은 모친을 잃고 상심해 있던 이웃을 위로하기 위해 지어졌다고 한다. 즉, 죽은 사람이 살아있는 사람을 위로하는 곡이란다. 노래의 힘이 어마어마하다는 걸 깨닫게 한 곡이었다. 이 곡의 작곡자가 음악 교육을 정식으로 받은 적 없는 경영학자임을 알게 된 것도 새롭고 놀라운 발견이었다. 음악을 평생의 취미로 생각하고 '눈', '첫사랑', '삶이 그대를 속일지라도'라는 명곡들을 작곡한 작곡가라니…. 세상에는 상상 이상으로 고수가 많다는 사실에 고개가 숙여졌다.

두 개의 수레바퀴로 움직였던 한 해가 저물고 있다. 지난 한 여정 속에 책과 음악, 언제나 기꺼이 등을 내밀어준 길, 따스한 인연들이 있었다. 그것들이 없었다면 한 해를 버티는 데 얼마나 힘들었을까. 새로운 것들도 시간이 지나면 빛이 바래지겠지만, 새로움을 오랫동안 유지하기 위해 내 마음의 온도를 잘 유지할 것이다.

"한 해 동안 새롭게 만났던 책들아! 음악들아! 이름 모를 길들아! 그리고 인연들이여! 덕분에 행복했습니다."

하 늘   여 행

누가 그러던가
일상이 평범하다고

멀리서 보면
신비롭기만 한데

숨 쉬는 것들 다, 소중하여라

시에나의 여인, 표지 모델이 되다

책 표지 위에 박힌 여인에게 자연스레 시선이 갔다. 서양의 빨간 머리 아가씨 이름이라곤 '앤'밖에 모르는데 주근깨가 없는 걸 보면 그녀가 '빨간 머리 앤'이 아닌 건 확실하다. 수줍은 듯 얼굴의 반쪽을 가린 손, 무언가를 애절하게 응시하는 눈매, 하얀 마가렛 꽃잎을 띠처럼 장식한 붉은 머리. 그녀와 처음 마주쳤을 때 인상이 워낙 강렬해서 오랫동안 기억에 남았다.

이태리의 고풍스러운 도시, 시에나의 좁은 골목에서 만난 인연이 먼 나라 코리아까지 이어질 줄이야. 더구나 새로 나온 책 표지 인물로 화려하게 등장할 줄은 그 당시 상상이나 했을까. 시선은 내게 향하고 있지만, 아직도 나는 그녀가 내게 무슨 말을 하려는지 알 수 없다. 그녀에게 '예술'이라는 이름을 붙여주고 최근 세상에 내보냈다. 그녀의 유혹에 끌려 호기심에 책을 손에 쥐는 사람도 있으리라. 수년 전, 시에나의 한 골목에서 내가 그녀에게 유혹 당한 것처럼.

책이 시중에 나오기 전, 작가에게 먼저 보내주는 책 한 권이 오늘 도착했다. 책을 받은 순간 그동안 있었던 여러 가지 일들이 하나하나 스쳐 지나갔다. 이번엔 왜 그렇게 힘들었던지. 시집 전문 출판사에 맡겼다면 그렇게 마음고생은 하지 않았을 것이다. 원고만 전달하면 알아서 만들 테니까. 하지만 그러고 싶지 않았다.

여러 시집 중에 비슷한 하나의 시집이 아니라 다른 시집들과 차별화되는 나만의 특색 있는 시집을 갖고 싶었다. 서점 매대에서 독자들이 시집을 처음 보았을 때 주저 없이 손이 가는 시집, 표지와 두께, 종이의 재질 등 시각과 촉각으로도 만족스러운 시집, 눈을 반짝거리며 책장을 천천히 넘기는 시집, 시집을 덮고 나서 살며시 미소가 번지는 시집, 그런 특별한 시집을 만들고 싶었다. 안타깝게도 기꺼이 그런 시집을 만들어 주겠다는 출판사는 없었다.

출판사들의 연락처가 정리된 리스트를 보고 손가락이 아프도록 번호를 눌러댔다. 돌아오는 건 정중한 거절뿐이었다.

우여곡절 끝에 원하던 출판사와 마법 같이 연결되었다. 오래전 마음에 쏙 드는 시집을 만든 출판사였다. 그때 어찌나 그렇게 그 시집이 마음에 들던지. 사진과 제목이 실린 표지, 시를 엮은 시인, 시집 속 시까지 모두 마음에 들어 구입해서 10년 이상 내 책장에 자리를 차지하고 있는 시집이었다.

몇 번의 통화 끝에 책을 내기로 결정했다. 작품의 완성도를 높이기 위해 퇴근 후, 자정 넘어서까지 스터디 카페에서 원고를 다듬고 정리했다. 시어에 따라 시의 전체적인 느낌이 달라지기에 적절한 시어를 선택하고, 생각이 무르익지 않은 작품은 대상에서 제외시켰다. 원고를 모두 마무리하고 이젠 내가 할 일은 끝났다는 생각에 홀가분한 상태가 되었다. 그러나 그것은 끝이 아니라 또 다른 시작이었다. 출판사의 새로운 요구 사항이 드문드문 이어졌던 것이다.

어찌 보면, 내 의견을 존중해서 내가 주도적으로 할 수 있게 해준다는 뜻이니 뭐라 하기도 그랬다. '표지에 실릴 사진을 정하고 서브 카피를 만들어 봐라. 뒤표지에 실릴 사진과 작가의 말을 써봐라. 파트별 소제목을 정하고 목차를 정리해 봐라' 등 디자인을 제외하고 대부분의 일을 내가 먼저 준비해 보라는 식이었다. 처음 책을 낼 때는 원고만 넘겨주면 대부분 출판사에서 알아서 작업을 했는데 전혀 예상 밖이었다.

황당한 일도 발생했다. 디카시의 특성상, 시뿐만 아니라 사진도 내가 직접 찍은 작품이어야 하는데 서너 개의 작품을 디자이너가 자기 맘대로 유명 사진작가의 화질 좋은 작품으로 바꿔 놓은 것이다. 아무리 사진이 좋아도 어찌 내 것이 아닌 걸 쓸 생각을 했는지 그땐 정말 눈앞이 캄캄했다. 디카시의 특성을 모른 채, 선한 의도를 가지고 한 일이지만 타인의 사진이 끼어 출간되었다면 책이 보기도 싫었을 것이다. 다시 원안대로 내가 찍은 사진을 올리기로 하고 매듭지었다. 이런 순간이 닥칠 때마다 속은 타들어 갔다. 책이 정말 제대로 나오긴 할까 의구심까지 들 정도였다.

지금 한 권의 책이 거짓말처럼 내 눈앞에 놓여있다. 마치 언제 그런 일이 있었냐는 듯. 그동안 고생 많았다고 책 속의 여인으로부터 위로라도 받는 느낌이었다.

세상에 나온 분신 같은 시집을 보니 어머니를 뵌 듯 반가웠다. 지난해, 어머니께서 돌아가신 이후 중심을 잡지 못하고 흔들릴 때마다 나를 버티게 했던 힘은 '걷기'와 '글쓰기'였다. 어머니께서 살아계셨다면 얼마나 기뻐하셨을까. 책 표지 속 여인의 얼굴에 어머니의 얼굴이 오버랩되어 한동안 표지에서 시선을 떼지 못했다.

따
뜻
한

아
침

하루치 위로

하루치 웃음

불금은 없더라도

따아는 OK

작가란 무엇인가

책 한 권에 세상을 담아내다

몇 해 전 휴일 어느 날, 외출 중에 문자가 왔다.

'우리 집에 작가가 살고 있네요.'

이게 뭔 소린가 싶어 두근거리는 가슴을 쓸어내리고 보니 집에서 보낸 문자였다. 결국, 터질 게 터졌다. 문자를 보고 이 상황을 어찌 수습할까 순간 멍해졌다. 죄를 지은 건 아니라도 상대방의 입장에선 충분히 서운할 만한 일이니까.

책을 세상에 내놓고 몇 달이 지나서도 가족들에게 알리지 않았다. 그럴 만한 이유는 있었다. 어머니께서 병환 중이시라 어느 정도 호전되시면 공개하여 맘 편하게 가족들의 축하를 받고 싶었다. 지인에게 선물하려고 무심코 책장에 꽂아둔 책이 하필 매의 눈에 띈 것이었다. 다행히 내 입장을 이해해줘서 축하도 받고 마음의 짐도 덜었다.

책을 세상에 내놓고 정작 가족들에게는 알리지 않아 집에 선 평상시와 다름없이 보냈지만 첫 출판은 개인적으로 평생 기억에 남을 만한 사건이었다. 책이 서점에 깔리기 전, 출판 사에서 작가 몫으로 보내준 책들을 몇 권 받아 보았을 때는 몸이 하늘로 뜨는 듯한 기분을 만끽했다. 상상의 세계에 있던 책이 비로소 몸을 만들어 인간 세상에 모습을 드러내고 초롱초롱한 눈빛으로 '여기가 어디야?' 하며 내게 묻는 것 같았다.

내 책을 내가 홍보한다는 게 아비가 자식 자랑하는 것 같아 낯뜨겁기도 했지만, 아비가 안 하면 누가 자식에게 관심이나 가질까 싶어 SNS로 지인들에게 출산 소식을 알렸다. 책이 나왔다는 걸 알아야 사든 말든 할 테니까. 자식이 조금이라도 폼 나 보이게 하려고 북한산 정상 백운대나 소양강댐의 소양호를 배경으로 독사진을 찍어 SNS에 올리기도 했다. 교보문고나 영풍문고 등 대형 서점 매대에 떡하니 자리를 차지하고 유명 시인의 시집과 며칠 동안 어깨를 나란히 하고 있을 때는 자식 농사 하난 잘 지은 것 같아 뿌듯함을 느꼈다. 독자들이 책을 읽고 인터넷에 올린 감상평들을 하나하나 보고 있으면 마치 대단한 작가라도 된 듯 잠시 착각에 빠지기도 했다.

첫 책을 출판하면서 지금까지 몰랐던 또 다른 책의 세계를 여행하고 돌아온 기분이었다. 지금까지 충실한 독자에 머물렀는데 이제 나를 보여주는 작가의 입장이 되었으니 당연하리라. 책을 쓰면 인생이 달라진다느니, 살면서 책 한 권 써봐야 한다느니, 책을 써보라고 집요하게 꼬드기는 책들을 보았을 땐 책팔이용 멘트 정도로만 보았는데 인생까지는 아니더라도 일상이 조금 달라진 건 있었다.

책은 그동안 소원했던 주변 사람이나 얼굴도 모르는 독자들과 스스럼없이 소통하는 창구가 되어 주었다. 책 속에서 내 마음을 보여주니 상대방도 마음을 열었다. 인터넷에 책에 관한 내용이 올라와 많은 사람이 알게 되니 나로 인해 자식을 욕 먹이는 일은 없어야 된다는 생각에 나를 되돌아보는 계기가 되었다. 책을 한번 내고 보니 세상에 마음만 먹으면 불가능한 일은 없다는 생각에 자신감이 한동안 하늘을 찔렀다.

출판사와 수시로 소통하며 책 속에 넣을 내용을 선별하고 책 제목과 표지 디자인을 선정하는 등 일련의 작업을 통해 책이 만들어지는 과정을 알게 된 것도 즐거운 경험이었다. 그동안 지인들에게 축하할 일이 생기면 관심 가질 만한 책을 구입해서 선물하곤 했는데 내 이름으로 된 책을 선물하게 될 줄 누가 알았을까. 서점 서가에 여전히 꽂혀 있거나 도서관에 비치된 책을 발견했을 때는 집을 떠나 스스로 밥벌이를 하는 자식을 만난 것처럼 반갑고 대견스럽다.

책을 한 권 냈다고 주변에서 자연스레 '작가'라고 불러주지만 여전히 나는 그 호칭이 부담스럽다. 모름지기 작가라면 글감을 찾아 고민하고 계속 쓰는 사람이어야 한다. 최소한 다음에는 어떤 작품을 써보겠다는 생각 정도는 머릿속에 담고 있어야 한다. 자식 하나는 아무래도 쓸쓸하다. 이왕이면 누가 봐도 보기 좋은 튼실한 자식 서너 명은 낳아야지. 그러기 위해 항상 호기심의 눈으로 사람과 사물, 자연을 바라보고 책도 많이 읽고 생각도 많이 해야 하는 것은 언제나 진리다. 최근에 눈이 번쩍 뜨이는 보물 같은 책을 만났다.

은유 작가의 『글쓰기의 최전선』이라는 책이다. 글을 쓰다가 막히면 책장을 열고 잠깐 정독한다. 글을 어떻게 써야 하느냐에 대한 당연한 내용이지만 적절한 비유로 가슴을 콕콕 찌른다.

"문제의식이 없는 글은 요란한 빈 수레와 같다. 메시지가 없는 미사여구의 나열은 공허하다. 지식은 넘치고 지혜가 빈곤한 글은 무료하다. 글에는 반드시 필자의 독특한 생각이 있어야 한다." 혹은 "좋은 사연을 들려주고 좋은 음악을 틀어

주는 디제이처럼 글쓰기도 나와 닮은 영혼에 말을 걸고 위로를 건네는 일이다." 등 책 속의 문장들은 앞으로 내가 글을 쓸 때 신앙처럼 받아들이고 따라가야 할 금과옥조라 여긴다.

책을 냈으니 작가라 해도 틀린 말은 아닐 것이다. 하지만 작가라 불려도 부끄러운 생각이 들지 않는 작가가 되고 싶다. 아직도 갈 길이 멀다.

나
르
시
시
스
트

햇살 좋은 날
한 대만 피운다더니
반나절이나 빠끔빠끔
아무리 폼나 보여도
이젠 그만!

디카시 한번 써보세요

걷고 찍고 상상하라

여주에 사는 토끼 두 마리에게 빚을 졌다. 갚지 않아도 빚 독촉으로 시달릴 일은 없지만 체면이 있지 인간이 되어 어찌 짐승에게 빚을 지고 살 수 있을까. 조금이라도 갚으려고 새 우깡을 한 봉지 사서 여주를 다시 찾아갔지만 1년이 지나 그들의 생사조차 확인할 수 없었다.

2021년 여름, 양평에서 여주 강천보까지 남한강을 따라 자전거를 타고 가던 중 여주 신륵사 강변공원 벤치에서 잠시 쉬고 있었다. 5m쯤 되는 거리에서 갈색과 검은색의 토끼 두 마리가 시야에 들어왔다. 공원에 방사한 토끼들로 보였다. 사람을 전혀 의식하지 않았다. 이리저리 움직이더니 어느 순간 서로 등을 마주하고 서 있는 것이었다. 분위기가 냉랭했다.

싸우기라도 한 건가. 순간, 머리에서 무언가가 번쩍했다. 스마트폰을 집어 들고 잽싸게 그 장면을 폰 속에 집어넣었다. 토끼들은 촬영할 때까지 포즈를 취해주고 나서 각자의 길로 갔다.

'낯익은 장면이었는데 어디서 보았더라….'

두 마리 토끼를 사람의 형상으로 대체해 보았다. 남자와 여자, 부부, 연인, 친구 등 그 상황에 맞을 다양한 관계가 떠올랐다. 느낌을 폰 메모웹에 기록했다. 〈부부〉라는 제목의 디카시 한 편이 완성되었다. 연인이나 친구라 해도 틀린 건 아니지만 부부가 가장 어울려 보였다. 이 작품으로 다음 해 디카시 신춘문예에서 당선이 되었다. 운 좋게도, 토끼들이 의미 있는 포즈를 취해주어 상까지 받게 된 것이다.

일상에서 디카시를 즐기기 시작한 지 꽤 되었다. 우연히, 디카시란 문학 장르가 있음을 알고 어찌나 반가웠는지 모른다. 걷기를 좋아하는 나와 찰떡궁합이라고 생각했다. 디카시는 자연이나 사물을 보고 느낌이 오면 사진을 찍고 글을 쓰는 방식이다. 언제 어디서든 스마트폰만 있으면 즐길 수 있다는 점이 마음에 들었다. 걷다 보면 디카시 한 편이 거짓말같이 나왔다. 혼자 즐기는 게 아까워서 거의 매일 한 편씩 SNS에 업로드했다. 매일 쓰다 보니 글이 조금씩 나아졌다.

모든 글이 그러하듯이. 디카시가 무엇인지 모르는 지인들에게는 한바탕 즉석 강의를 하고 같이 즐기자고 꼬드겼다.

"사진 찍는 거 즐기시죠? 꽃과 사람만 찍지 마시고 느낌 오는 건 무엇이든 찍어보세요. 그러고 나서 왜 그런 느낌이 왔는지 상상의 날개를 펼쳐보세요. 어떤 글이든 작품이 되려면 상상만큼 중요한 게 없거든요. 무엇과 연결되나 상상해 보시고 그걸 글로 풀어보세요. 처음부터 잘 쓰겠다는 생각은 버리세요. 시 쓴다고 생각하지도 마시고요. 힘이 들어가면 아무것도 떠오르지 않으니까요. 즐긴다는 마음으로 꾸준히 하시면 작품이 나올 거예요. 다른 분들은 어찌 표현했나 인터넷에서 찾아도 보시고요. 작품을 주위 분들과 공유해 보세요. 대화거리가 풍부해질 겁니다. 만족스러운 작품은 좀 늦게 찾아와도 일상은 조금씩 행복해지실 거예요.

디카시가 무슨 뜻이냐고요? 디지털카메라의 '디카'와 '시'의 합성어로 자연과 사물을 보고 생긴 시적 감흥을 다섯 줄 이내의 문자로 표현하는 겁니다. 디카시가 추구하는 것은 '순간 포착, 순간 언술, 소통'이죠. 자연이나 사물이 말을 걸어올 때 못 본 체하지 마시고 대답을 하세요. 사진을 찍고 느낌을 문장으로 만들어 보시라고요. 그다음엔 지인들과 공유하는 겁니다. 사진만 보내는 것과 차원이 다르다고요.

그래도 시(詩)인데 사진 찍고 느낌만 표현하면 되냐고요? 네, 네. 일단 그렇게 시작하세요. 하지만 상상을 많이 해야 좋은 작품이 될 확률이 높아요. 눈에 본 것을 그대로 표현하기보다는 그 너머에 무슨 의미가 있을지 상상하고 표현하면 좋은 작품이 되죠. 위트와 재미를 품고 있을 정도가 되면 잘 쓰시는 겁니다."

디카시는 사진과 시를 통해 일상에 의미를 부여하는 작업이다. 디카시를 즐기다 보면 어느 순간 시시한 하루가 시 같은 순간으로 바뀌는 경험을 하게 될 테니까. 일상을 즐길 줄 아는 사람이 현명한 사람이다. 그것이 꼭 디카시일 필요는 없다. 하지만 디카시만큼 일상을 즐기기에 좋은 것도 없다. 왜냐고? 스마트폰과 감성, 상상력, 꾸준하게 즐기려는 마음만 있으면 되니까. 디카시와 친해지고 싶으면 "걷고 찍고 상상하라."

부
부

나를 뭘로 보고

이번에는 먼저 말하나 봐라

말하고 싶지만…

마음 한번 먹으면

나를 움직이는 마법의 문장

'이봐! 벌여놓기의 대마왕! 진짜 잘할 수 있다고 생각하는 거야? 겁도 없이 어쩌자고 강의를 하겠다고 해서 사서 마음 고생하냐.'

생각만 하면 한숨이 푹푹 나온다. 추석 연휴 지나면 바로 시작인데 깊어가는 가을밤처럼 고민의 농도도 점점 짙어만 간다. 여러 사람 앞에 서본 지가 언제였던가? 기억이 가물가물하다. 스스로 언변이 부족하다고 생각해서 가급적 남들 앞에 서는 걸 꺼려해왔다.

디카시 창작 강좌 개강일이 다가오고 있다. 지난 6월, 교보문고에서 진행한 사인회 때 모 출판사 대표님께서 방문하여 제안하신 것이 계기가 되었다. 사진과 글이 어우러진 디카시가 마음에 들어 여러 사람이 디카시를 알고 즐길 수 있도록 강의를 진행하면 어떠냐는 말을 건네셨다.

거기에서 끝나지 않고 강의에 참여한 사람들이 디카시를 창작해서 자기 이름으로 책까지 출판할 수 있게 진행해 보자는 나름 의미 있는 프로젝트였다. 무엇보다 처음 시도해 보는 것이니 이익 따지지 말고 일단 시작해 보자는 말에 마음이 움직였다. '1인 1책' 누구든 자기 이름으로 책 하나 내고 싶어 하는 시대에 디카시 만한 콘텐츠가 어디 있을까. 일찌감치 디카시의 매력에 빠져들었기에 많은 사람이 즐겼으면 하는 바람은 항상 가지고 있던 터라 마다할 이유가 없었다. 하지만 그 순간부터 고민이 싹트기 시작했다. 결국, 강의는 내가 해야 하는데 과연 강의할 자질은 되나 하는 의문이 생긴 것이다.

글 좀 쓴다고 상도 받고 책도 냈다니 강의까지 잘하면 얼마나 좋으랴. 어눌한 말투로 진행까지 매끄럽지 못하다면, 수강생들의 레이저 광선 세례는 피할 수 없을 것이다. 첫날 강의부터 마음에 안 든다면 단박에 "저 사람, 뭐 하냐?" 하고 다음부터 예고도 없이 나오지 않으실 텐데 그런 상상만 해도 아찔했다. 그렇다고 수강생들에게 "여러분, 좀 봐주세요. 신선한 강의 초보랍니다. 저는 점점 나아질 거예요"라고 말하기도 마땅치 않았다. 이미 SNS용 광고 자료까지 만들어 전파한 상태였다.

출판사 대표님은 카톡 프로필 사진까지 광고 자료로 도배했다. 가끔 강의를 위해 톡을 주고받을 때마다 사진 프로필을 보면 "준비 잘 되고 있죠. 믿어 볼게요" 하고 은근히 압박하시는 것 같았다. 거기에 응답하듯, 나도 프로필 사진을 광고 자료로 변경하고 관심 가질 만한 지인들에게 카톡을 날렸다. 내가 강의를 하기로 했으니 멋진 가을밤에 디카시를 쓰고 감상하며 함께 즐기자고. 문장만 보면 로맨틱했지만 마음은 요즘 맑은 날씨와 달리 늦가을 찬바람이 불었다.

사람들 앞에 서서 말하거나 강의를 한 경험이 아예 없는 건 아니었다. 2022년 1월, 신춘문예에 입상해서 제주도에 상을 받으러 갔을 때 시상식장인 제주문학관에서 50여 명이나 되는 문단 관계자들을 바라보며 당선 소감을 발표하지 않았던가. 단 10분 정도였지만 애드리브까지 구사해서 웃음까지 끌어낸 걸 보면 아예 말솜씨가 꽝은 아닌 듯싶었다.

"마음먹으면 못 할 게 뭐 있나?"

머릿속에서 잠자고 있던 마법의 문장을 끄집어냈다. 그때나 지금이나 믿고 기댈 말이 그것밖에 또 있을까. '수업에 오실 분들이 듣고 싶은 게 무엇일까? 또 내가 자신 있게 드릴 만한 것이 무엇일까?' 그 두 가지만 염두에 두고 준비하기로 했다. 철저한 준비가 자신감과 실력으로 연결되는 법이니까. 이왕 하는 거 오시는 분들이 진심으로 다음 시간이 기다려지는 그런 수업을 준비하고 싶다. 재미와 유익이란 양념을 확 뿌려서 말이다. 아니다, 그건 너무 나갔다. 능력을 과신하는 것도 병이다. 무얼 믿고 그런 상상을 하는지….

하여간, 나란 사람은 천상 B형 남자다. 하루에도 몇 번이나 극단을 오고 가고 있으니.

주
말

나갈까, 말까

꿈쩍도 하기 싫네

몸이 무거워

시시(詩詩)한 하루

시 창작 수업

두 달 동안 시 공부를 하러 다녔다. 시 공부라고 해서 시 쓰는 요령이나 무슨 이론을 들으러 간 것은 아니다. 매주 목요일 퇴근 후, 한 시인의 작업실로 찾아갔다.

일주일에 두 편씩 써가면 그분께서 봐주셨다. 그분의 시가 마음에 들어 어떻게 시를 쓰시나 궁금했다. 오래전 중앙일간지 신춘문예에 당선되고 꾸준하게 작품활동을 하시는 분으로 시를 통해 그분의 따스한 마음까지 가늠할 수 있었다. 누구나 읽어도 이해되면서 많은 생각을 하게 하는 작품들이 좋았다. 어느 정도 연세가 드셨음에도 어찌 그리 신선한 발상을 하시는지 부럽기만 했다. 어렵게 연락이 닿았다. 직접 뵙고 이런저런 이야기를 나누다 보면 분명 얻을 수 있는 게 있겠다 싶었다. 준비해간 작품을 가지고 이야기를 나누는 시간은 1시간 정도밖에 되지 않았지만 1분조차 금싸라기 같은 시간이었다. 말 한마디 놓치지 않으려고 귀를 쫑긋 세우고 들으면 시간이 금세 지나갔다.

글을 잘 쓰고 싶었다. 특히, 시는 쉽지 않다. 정작 써놓고 보면 마음에 드는 작품이 거의 없다. 지금은 디카시를 주로 쓰고 있지만, 시를 쓴다고 하면 일반 시든 디카시든 모두 잘 써야 한다는 생각이다. 언제부터 시 쓰는 것에 대해 관심을 가졌나 생각해보니, 아마도 고등학교에 입학한 이후였던 것 같다.

손톱만 한 금빛 배지에 대한 관심에서 시작되었다. 한자로 文(문) 자가 새겨진 고등학교의 문예반 배지가 왜 그리 탐이 나던지. 막 입학한 신입생의 눈에는 그 배지를 단 선배들이 마냥 부러웠다. 용기를 내 문예반의 문을 열고 들어갔다. 남들과 어울리는 사교적인 성격과는 거리가 멀어서 내 의지에 의해 모임에 가입한 것은 처음이었다. 북촌 언덕배기 위 강당 건물 2층의 작은 공간에 예닐곱 명 남짓의 동기들과 신입 회원이 되었다. 결국, 그토록 원하던 배지를 달았다.

토요일 4교시 수업이 끝나면 어김없이 문예반 교실로 모였다. 선배들이 기성 시인의 시 한 편을 칠판에 적고 토론을 주도하면 기성 시인의 시를 돌아가면서 읽고 분석했다. 귀한 시간에 이게 뭐 하는 건가 싶어 지치기도 했지만 '문학으로 가는 길은 이렇게 멀고 험한 거야' 하며 마음을 다독였다. 그렇다고 탈퇴할 생각은 없었다. 문예반원으로서 교내신문 만드는 작업과 10월에 열리는 문학의 밤에 참여하며 폼을 잡을 수 있었으니까. 문학의 밤 행사는 시작하기 서너 달 전부터 준비해야 할 일이 꽤 많았다. 팸플릿을 만들고, 각 학교에 홍보하고, 무대에 올라가 낭송할 시를 준비하고, 다른 학교는 어찌 진행하는지 행사에 참여해 보는 것 등 배지가 가장 빛나는 시간이었다.

2학년 10월 어느 날, 교내 강당에서 열렸던 문학의 밤은 잊지 못할 기억으로 남아 있다. 교정에 떨어진 은행나무 낙엽을 긁어모아 무대에 깔아놓고 한 명씩 나와 시를 낭송했다. '아드린느를 위한 발라드'라는 피아노 음악을 배경으로 내가 낭송한 건 시가 아니라 시조였다. 교과서에 나왔던 김상옥 시조 시인의 현대시조에 매료되어 문학의 밤에서 낭송하기 위해 '추정(秋情)'이라는 시조를 한 편 썼다. 배경음악과 맞지도 않는 시조를 낭송한 사람은 나뿐이었다. 창덕여고, 덕성여고, 배화여고 등 근처 여학교 문예반 학생들을 앞에 앉혀놓고 콩닥거리는 가슴을 진정시키며 시를 읊었다.

누가 읽어도 마음을 흔들고 여운을 주는 시를 쓰고 싶은
데 마음처럼 쉽진 않았다. 시에서는 '발견'이나 '발상'이 제일
중요하다는 것, 다른 시인들이 쓰지 않은 소재로 시를 쓰거
나 같은 소재라 하더라도 새로운 방식으로 전개해야 한다는
것, 그러기 위해서는 일상에서 보이는 사물이나 자연을 항
상 새로운 시각으로 바라보는 노력을 게을리하지 말라는 것.
시 창작 개론서에 흔하게 나오는 대목들이지만, 이번 수업을
통해 다시 확인한 사실들이다. 직접 쓴 작품을 가지고 이야
기를 들으니 귀에 쏙쏙 박혔다. 여러 시인들의 시집을 보면
서 자기만의 색깔을 가져야 한다는 것의 의미도 분명히 알게
되었다. 다소 서툴더라도 자기만의 독특한 작품을 쓰는 것이
중요하다. 그러려면 오직 부단히 읽고 쓰는 수밖에 없다.

윤동주 하면 〈별 헤는 밤〉, 김춘수 하면 〈꽃〉, 이성복 하면
〈남해 금산〉, 김경미 하면 〈비망록〉처럼 오랫동안 사랑받는
애송시 하나 남기고 죽는 것이 꿈이다. 물론, 일상에서 시를
즐기는 게 우선이지만.

시여, 부디 제게도 강림해 주소서!

시
詩

비슷비슷한 거 말고

눈에 띄는 그런 거

날 보고도 느낌 없나

이모티콘

생일 축하한다고
케이크 한 상자와 춤추는 곰이 왔어요
반짝 기분이 좋아졌어요
연신 고개 숙이는 토끼를 찾아내서 날렸어요
이만큼 내가 고마워한다고
마음을 전하는 게 손가락 하나면 해결돼요
적당한 걸 골라서 누르기만 하면 되니까요

우리는 곰이나 토끼도 아니고
춤을 추거나 잘 웃지도 않지만
무엇이든 불러내서 마음을 주고받아요
감정 대역들이 폰 속에 가득하니까요
다달이 돈만 내면 나를 떠나지 않아요
언제든 충실한 대역들이랍니다

이제는 여간해서 웃지 않아요
나 대신 웃어주는 게 많으니까요
웃지 않으니 얼굴 근육은 굳어버리고
손가락만 자기 세상 만나듯 방방 뛰어요
가끔은 내가 곰이나 토끼가 된 것 같아요
가상과 현실의 빗금이 흐릿해지더라고요

말수도 점점 줄어들어요
폰 없이는 이제 나도 없어요

용인지, 뱀인지

어머니께 나를 낳기 전에
혹시 태몽이라도 꾸었냐고 물었더니
무얼 꾸긴 꾼 것 같은데
당최 기억이 나지 않는다며
난감한 표정을 지으셨다.

아니, 귀한 자식이랄 땐 언제고
그런 대답이 어디 있냐고 구시렁거렸더니
한참 동안 골똘히 생각에 잠기셨다.

용인지 뱀인지 구분이 안 가지만
하여간, 그 둘 중 하나가 뱃속에 들어온 건 맞다고 하셨다.

다시 더 생각해 보라고 채근했더니
내가 용띠인데 용이 용을 낳지
뱀 새끼를 낳는 법은 없다며 용이 맞을 거라고 단정하셨다.

그 말을 듣고 나서 내가 정말
하늘을 날아다니는 용이 된 기분이었다.
해가 거듭할수록 어머니께서
뱀을 용으로 착각하신 게 아닐까
아니면, 아들 기분 좋으라고
꾸지도 않은 용꿈을 꾸었다고 하신 게 아닐까
의구심이 스멀스멀 일어나기 시작했다.

그날, 어머니 뱃속에 들어간 건
바닥에서 꿈틀거리며 어찌하든
살아 보려고 용쓰던 뱀이 틀림없다.

그렇지 않고서야 날기는커녕
하루하루 힘들게 버텨내는 이 상황을
무엇으로도 설명할 길이 없기 때문이다.

동네 책방의 유혹

책방 주인은 아무나 하나?

지방에 가면 가급적 주변에 동네 책방이 있는지 알아본다. 예전에는 드물었지만 발품을 좀 들이면 이젠 어디를 가도 작은 책방 하나쯤은 눈에 들어온다. 나중에 책방이나 차려 볼까 하는 마음에 벤치마킹하러 가는 건 아니다. 동네 책방에 가면 어디에서도 느낄 수 없는 편안함이 있다. 그것은 성당이나 교회 혹은 사찰에서 느끼는 엄숙하거나 고요한 분위기와는 사뭇 다른 것이다. 처음 찾아가는 곳이라 해도 마치 몇 번이나 와본 곳처럼 푸근하다. 자기만의 색깔을 드러낸 책들이 반짝거리는 아늑한 공간. 가끔은 독립출판 형태로 동네 책방에서만 구입할 수 있는 책을 발견한다. 내공을 느낄 수 있는 무명작가의 책을 손에 쥐었을 때는 보물이라도 찾은 기분이다.

방문했던 지방을 기억하는 나만의 방식이 있다. 어느 곳이든 동네 책방은 나름의 독특한 분위기를 가지고 있어서 시간이 흐른 뒤 그 지방을 떠올리면 방문했던 동네 책방이 고구마 줄기처럼 따라온다. 순천을 떠올리면 순천역 근처의 '책방심다', 군산에는 근대 문화유산 거리의 적산가옥에 둥지를 튼 '책방 마리서사', 경주는 황리단길의 '어어'가 따라오는 식이다. 이름조차 하나같이 독특하다.

책방 안으로 발을 들이는 순간, 새로운 세계가 펼쳐진다. 여기서는 책방 주인보다는 책이 주인인 듯 당당하다. 책방지기는 책들의 충직한 집사다. 그의 주 임무는 책을 돋보이게 하는 것으로 집사의 손길에 따라 책은 다시 태어난다. 사랑은 책들을 빛나게 한다. 대형 서점에서는 눈에 들어오지 않던 책들인데 이곳에서는 책들의 유혹을 못 본 체 그냥 지나칠 수가 없다.

책 표지에 달라붙은 포스트잇 문구에는 집사의 안목이 고스란히 배어있다. 어찌 책의 마음과 기분을 속속들이 알고 있는지 경이로울 뿐이다. 제주도에 가서도 짧은 여정 중 어김없이 동네 책방을 찾았다. 60여 개나 되는 동네 책방이 섬 곳곳에 게릴라처럼 퍼져있다. 가히, 동네 책방의 성지라 할 만하다. 100개를 넘어설 날이 머지않아 보인다. 그만큼 책을 읽는 사람들이 늘어난 결과일까. 제주도만큼 책과 잘 어울리는 지역은 없을 것 같다. 책은 느릿느릿한 환경과 잘 어울리니까.

남원읍 위미마을에 있는 '북타임'과 구좌읍 종달리에 있는 '소심한 책방'을 찾았다. 북타임은 제주 토박이 중년 남자분이 어릴 때 자라던 고향 집을 개조해 만든 따뜻한 공간이다. 입구에 얼룩말 입간판이 책방 마스코트처럼 폼나게 서 있다. 주인에게 물으니 머쓱해하며 학생 때 별명이 말이었다고 한다. 길쭉한 얼굴을 보니 닮은 것 같기도 하다. 주인이 책방 밖으로 나와 손님을 맞이한다는 뜻도 있겠다 생각하니 기발하게 느껴졌다. 책방 안은 책장이 눕혀져 흡사 표류하는 배 안에서 책들이 구조를 기다리는 것 같기도 하고, 피노키오를 삼킨 고래의 뱃속 같기도 하다. 주인의 상상력이 빚어낸 공간이다.

종달리 갈대밭 사이에 있는 '소심한 책방'의 주인은 서울에서 직장생활을 하다가 제주에 내려온 경상도 출신 여성분이다. 성산 일출봉이 보이면서 땅값도 다른 곳보다 싸기 때문에 종달리에 책방을 냈다고 한다. 처음에는 남편과 '수상한 소금밭'이라는 간판을 내걸고 게스트하우스를 하다가 네이

버 블로그에서 글을 쓰며 알게 된 서울 사는 언니와 의기투합해서 책방을 열었다고 한다. 탐나는 책들 속에서 재미있게 책을 쓰는 편성준 작가의 책을 골랐다. 아마도 제목에 끌렸던 것 같다.

『여보, 나 제주에서 한 달만 살다 올게』

제주의 동네 책방을 둘러보니 불현듯 떠오른 생각 하나가 있었다. '제주에 가서 책방이나 할까?' 나쁘지 않은 생각이지만 충동적으로 하는 것은 뭐든 위험하다. 골목 어딘가 있을 동네 책방들을 숨은그림찾기 하듯 찾아다니며 소소한 즐거움을 느끼는 게 더 나을 성싶다.

정말, 나도 동네 책방이나 하나 열어볼까? 책방을 열면 좋기는 할 텐데 아무리 생각해도 자신이 없다. 답답하게 온종일 책방을 지키고 있기엔. 차라리 어딘가 걸으며 틈틈이 책을 보는 게 낫지. 책방을 한다면 문 닫는 날이 더 많을 것이다. 그러다가 영원히 문을 닫게 되겠지. 안 봐도 뻔하다.

내
말
이
:

하루치 인생
이처럼 간결한 것을

왜 그리 팍팍하게 살아?
평생 살아있을 것처럼

오늘도 무사히 살아남기를

요조를 읽다

무언가에 꽂히면 깊숙이 빠져드는 습성이 있다. 책이나 영화도 마찬가지다. 어떤 작가의 책을 읽고 마음에 들면 그 작가가 쓴 다른 책들을 찾아서 읽는다. 시작은 일본 소설가 오쿠다 히데오가 쓴 단편소설이었다. 우울할 때 읽으면 딱 맞을 『공중그네』와 웃음과 해학, 철학을 담고 있는 『남쪽으로 튀어』를 읽고 오쿠다 히데오의 팬이 되었다. 내친김에 『걸』, 『오 해피데이』, 『꿈의 도시』 등 책이 출간될 때마다 기다렸다는 듯 주문해서 읽었다. 쉽고 간결한 문체로 복잡한 인간사를 이렇게 따스하고 유머러스하게 표현하다니. 『코로나와 잠수복』이라는 단편 소설집을 끝으로 책이 나오지 않아 그의 신작을 기다리고 있을 정도다. 왜 작품이 뜸할까? "오쿠다

씨, 요즘 글 안 쓰십니까?" 연락처를 안다면 뭐 그렇게 한번 묻고 싶은 심정이다. 마음이 통하기라도 한 듯 얼마 전 장편소설 『라디오 체조』가 나와 구입해서 읽고 있다.

이런 식으로, 우디 앨런의 영화도 대부분 섭렵했다. 파리와 로마를 배경으로 한 영화 〈Midnight in paris〉, 〈Roma with love〉가 신호탄이 되었다. 코미디와 재즈, 가볍지만 결코 가볍지만 않은 영화들로, 보고 난 후 무언가 잔잔한 여운이 느껴져서 좋았다.

이름 자체가 하나의 브랜드 혹은 문화가 된 작가 요조. 이번에는 그의 신간 에세이집 『만지고 싶은 기분』과 『실패를 사랑하는 직업』을 읽고 '요조'라는 사람에 빠졌다. 그녀가 운영하는 제주의 책방 이름은 '무사'다. "오늘도 무사히 살아남자"라는 뜻이란다. 신간 『만지고 싶은 기분』과 오래전에 나온 『실패를 사랑하는 직업』을 일주일 만에 읽었다. 제주와 서울을 오가며 생활하는 그녀의 진솔하고 따뜻한 이야기가 가득 담겨있었다. 책을 통해 비교적 그녀에 대해 많은 사실을 알게 되었다. 가수, 채식주의자, 달리기를 즐기는 사람, 페미니스트, 누구보다 책을 사랑하는 독서가, 제주 성산 일출봉 근처 수산리에서 책방 '무사'를 운영하는 책방 주인.

하나도 제대로 하기 힘든데 여러 가지를 잘하는 멀티플레

이어다. 반짝이는 호기심으로 무엇이든 바라는 것을 실행에 옮기는 진정한 자유인이라는 생각이 들었다. 재능만 있다고 할 수 있는 게 아니다. 유튜브에서 그녀가 부른 노래들을 찾아 들으면서 책을 읽을 때만큼 조금씩 빠져들었다. 역시, 음악은 힘이 세다. 호소력 있는 음색으로 하나같이 감미로웠다. 노래가 안 될 때는 글을 쓴다는 그녀의 인터뷰 기사가 떠올랐다. 그녀의 일상을 지탱하고 있는 것들이 머리에 그려졌다. 채식과 달리기, 노래와 글, 서울과 제주, 공연장과 책방.

요조는 스물일곱에 뮤지션으로 데뷔할 때 부르기 시작한 예명으로 그녀가 감명 깊게 읽었던 다자이 오사무의 장편소설 『인간 실격』의 주인공 이름에서 따왔다고 한다. 제주도에 매료되어 제주도에서 책방까지 열게 된 사연을 알았을 때도 역시 멋져 보였다. 잘나가는 젊은 뮤지션이 근거지인 서울을 떠나 섬에 책방을 열게 된 것도 한 권의 책 때문이라니. 사진작가 김영갑의 『그 섬에 가 있었네』를 읽고 김영갑 작가가 작업 활동을 했던 갤러리 '두모악'을 다녀와서 제주에 살 결심을 했다고 한다. 나 역시 제주 둘레길을 걸을 때 한라산 중산간에 있던 두모악에 들러서 그의 사진들을 보고 매료된 적이 있기에 공감이 갔다. 그의 작품들은 제주의 오름과 바다, 한라산, 바람을 몽환적으로 담고 있어서 많은 생각에 잠기게 했다.

책 이외에 그녀가 부른 노래들, 인터넷에 떠돌아다니는 그녀의 인터뷰 기사와 관련 신문 기사 조각들은 작가의 면모를 파악하는 데는 부족함이 없었다. 조각마다 바탕색은 비슷비슷했으니까. 책에 빠졌다는 것은 작가의 작품 세계에 빠졌다는 말과 동의어다. 요조에 빠져들었다면 요조의 작품 세계에 빠져들었다는 말이다. 그 외에는 고려 대상이 아니었다. 작품 이외 작가의 일상에 대해서 알기도 힘들거니와 글은 곧 작가 자신이라는 믿음이 있었기 때문이다. 책뿐만 아니라 작가의 일상을 알게 되니 전반적인 작품 세계를 이해하는 데 도움이 되었다. 아마도 요조 작가는 아무리 나이를 먹어도 오랫동안 글을 쓰고, 노래를 부르고, 책방을 운영하고, 달리기를 할 것이다. 그녀가 일상을 즐겨왔던 방식 그대로 언제나 신선한 모습으로. 그의 다음 작품을 기대해 본다.

직접 만날 기회는 없다고 하더라도 책이나 노래를 통해서 선한 영향력과 자극을 받을 수 있다면 얼마나 고마운 일인가. 무엇을 즐기거나 배움에 있어서 나이는 별 의미가 없다. 마음만 푸르다면….

가
을

전
쟁

도화선을 타고
연달아 폭발하는
다이너마이트

불길에 휩싸였지만
그는 끄떡도 하지 않았다

다시 '추석이란 무엇인가'

김영민 교수 북토크에 다녀와서

오래전, 경향신문에 칼럼 하나로 대중의 주목을 받은 대학
교수가 있었다. 제목은 '추석이란 무엇인가?' 처음 제목을 보
았을 때 얼마나 식상하던지 '이렇게 뻔한 제목의 글을 요즘
세상에 누가 읽어?' 제목 참 촌스럽다는 느낌이 들었다. 하지
만 내 예상은 보기 좋게 빗나갔다. '아, 이렇게도 생각할 수
있구나. 이렇게도 글을 쓸 수 있구나.' 한여름 갈증에 반쯤 얼
린 맥주 한잔이 목구멍을 넘어가는 듯한 청량감이 느껴지는
글이었다.

밥을 먹다가 주변 사람을 긴장시키고 싶다면 음식을 한가
득 입에 물고 소리 내어 말해보란다. "나는 누구인가?" 하고.
그렇게 하면 함께 밥 먹던 사람들이 수저질을 멈추고 걱정스

러운 눈초리로 당신을 쳐다볼 거란다. 마찬가지로, 추석을 맞아 모여든 친척들도 늘 그러하듯 당신의 근황에 대해 과도한 관심을 가지며 취직은 했는지, 결혼은 언제 할 건지, 살은 언제 뺄 건지 집요하게 물을 때 역으로 상대에게 근본적인 질문을 던져보라는 것이다.

즉, 당숙이 "너, 언제 취직할 거냐?"고 물으면 "곧, 하겠죠, 뭐"라고 얼버무리지 말고 "당숙이란 무엇인가?" 하고 대답하란다. 엄마가 "너 대체 언제 결혼할 거니?"라고 물으면 "결혼이란 무엇인가?"라고 대답하는 식이다. 누군가 "애가 미쳤나?"라고 말하면 "제정신이란 무엇인가"라고 대답하면 된다. 그러면서 교수는 정체성에 관련된 이런 대화들은 신성한 주문이 되어 해묵은 잡귀와 같은 오지랖들을 내쫓고 당신에게 자유를 선사할 거라며 글의 마침표를 찍었다.

추석 때 친척들이 모인 자리에서 이런 상황에 부딪혔을 때 과연 이렇게 대꾸할 수 있는 간 큰 사람이 몇이나 될지 모르지만, 발상이 신선했고 자꾸 웃음이 나와서 몇 번을 다시 읽었던 기억이 난다. 이후, 칼럼이나 인터뷰 기사가 신문을 통해 가끔 소개되고 출판되는 신간들까지 베스트셀러가 되며 그는 '칼럼계의 아이돌 스타'로 자리매김했다. 별로 유명해지고 싶지 않다는 본인의 말과는 달리 그는 점점 유명해지고 있다.

대체 어떤 분이기에 글을 이토록 위트 있고 재미있게 쓸까? 시인이나 소설가라면 몰라도 대학에서 사회과학을 강의하는 교수의 글이라곤 믿기지 않았다. 글이나 책에서뿐만 아니라 한 번쯤 만나서 이야기를 직접 듣고 싶었지만, 북토크를 챙기지 못해 그럴 기회를 놓쳤다.

추석 연휴 전, 서촌의 한 동네 책방에서 그분의 북토크가 열린다는 소식을 알게 되었다. 어찌나 반갑던지 바로 예약신청을 했다. 오후 7시 반에 시작된 북토크는 2시간 가까이 시간 가는 줄 모르고 진행되었다. 말 한마디 놓치지 않으려고 맨 앞자리에서 귀를 쫑긋 세우고 듣다가 질의응답 시간에 꼭 묻고 싶었던 질문을 몇 개 던졌다. 칼럼들을 보면 석학들의 말씀을 자주 인용하시는데 어찌 그리 딱 맞는 걸 기억해내서 적절하게 인용하시는지, 또 무거운 주제를 재미있게 다루시는데 글을 쓰실 때 어떤 원칙이 있으신지, 그리고 퇴고는 얼마나 하시는지, 그밖의 시시콜콜한 질문까지….

대답은 명쾌하고 간단했다. 어떤 주제라도 항상 글을 쓸 준비가 되어 있다고 하셨다. 글이나 책을 읽으면 반드시 내용을 데이터베이스화해서 활용한단다. 글 쓰는 데 시간이 많이 걸리지 않으며 퇴고도 짧게 한다고. 글에는 리듬과 재미가 있어야 하기에 재미없는 글은 좋아하지 않는다고도 덧붙였다.

정치외교학부 교수로 강의나 연구를 하기도 벅찰 텐데 어찌 그리 많은 분야에 관심을 가지고 관여할 수 있을지에 대한 의문도 대충 풀렸다. 그 나이 또래들이 즐기는 골프를 하지 않고 동창 모임이나 술자리에는 가지 않는단다. 심지어 경조사조차 잘 챙기지 못하고, TV에 출연하거나 얼굴이 자주 노출되는 행사는 본인의 자유가 침해되기 때문에 피하고 있다고(그러나 제자가 간곡하게 요청해서 결혼식 주례를 한 일은 있다고 한다). 만화책이 아니면 죽음을 달라고 할 정도로 만화를 좋아하고, 산책할 때는 아무 생각 없이 걷다가 떠오르는 생각이 있으면 바로 메모한단다. 춤 잘 추고 악기 잘 다루는 사람이 제일 부럽고, 디저트를 찾아 먹으러 다니는 '스위티 솔리데러티(달콤 연대)'라는 또래 모임을 진행할 정도로 디저트를 좋아한다고 한다.

말투는 평범했지만 활짝 웃는 모습이 나이에 비해 순수하게 느껴져서 좋았다. 책에서 읽은 내용이나 북토크에서 소개한 내용만 보면 일상에서 찾아보기 힘든 특이한 분 같았다. 자기 주관을 잘 지키면서 너무 재미있게 일상을 즐기며 살고 있는, 진정 인생을 즐길 줄 아는 달인처럼 보였다. 걱정 없이

산다는 게 어려운 만큼 이분이 생각하는 행복론도 솔깃하게 들렸다. 행복은 잠시의 쾌감에 가까운 것, 온천물에 들어간 후 10초 같은 것. 그래서 소소한 근심을 누리며 사는 게 어쩌면 행복에 가까울 거란다. 이를테면 "왜 디저트가 맛이 없는 거지?"와 같은 근심. 이런 근심을 누린다는 건 이 근심을 압도할 큰 근심이 없다는 뜻으로 이 작은 근심들을 통해 자신이 불행하지 않다는 걸 알 수 있다고 한다.

이번 추석 연휴에는 『아침에는 죽음을 생각하는 것이 좋다』를 다시 읽어보며 지적 유희의 시간을 가졌다. 추석이란 무엇인가 대신 어떻게 하면 위트 있고 재미있는 글을 쓸 수 있을까를 고민하며….

꽃
을

읽
다

벚꽃 날리는 밤
춤추는 글을 읽었네

책에서 튀어나온
꽃이라는 문장

걷는 사람, 쓰는 사람

걷기에서 출간까지

　신간이 나온 지 벌써 두 달이 되었다. 들떠있던 마음도 원래대로 돌아왔다. 처음 내는 책이 아니라서 비교적 담담할 줄 알았는데 두 달 동안 평정심을 유지하지 못했다. 책이 어제보다 얼마나 더 팔렸는지, 인터넷에는 어떤 서평이 올라왔는지. 아직도 서점 매대에 놓여있는지 신경 쓰이는 게 한두 가지가 아니다.

　출판 초반, 판매량이 쭉쭉 오를 때는 금방이라도 베스트셀러가 될 것 같은 기분이었고, 정성스럽게 작성된 서평을 읽을 때는 이렇게 눈 맑은 분이 계시다니 싶어 그저 감사한 마음뿐이었다. 대형 서점에 가면 수많은 신간 사이에서 내 책만 유독 반짝반짝 빛나 보였다. 자기 이름을 걸고 세상에 나온 책이 베스트셀러가 되기를 원치 않는 작가가 어디 있겠나. 책을 보신 독자들이 마음에 드셔서 주위에 읽어보라고 권할 정도만 되어도 좋다고 생각했다. 언제 어디서나 편하게 볼 수 있는 책, 어느 페이지를 먼저 열어봐도 좋은 책, 읽고 나서 무언가 느낌이 오는 책, 나이를 떠나서 누가 봐도 좋은 책, 기꺼이 돈을 지불해도 아깝지 않은 책을 만들고 싶었다.

책을 매개로 독자들과 소통하는 것은 특별한 즐거움이었다. 나와 결이 다른 생각을 들을 때는 "아, 이렇게도 보는구나!" 귀를 쫑긋 세웠지만, 독자들이 잘못 알고 있는 부분에 대해서는 차근차근 설명하는 기회도 가졌다. 독자마다 보는 눈이 다르다 보니 처음 낸 책이 낫다는 분도 있고 신간이 더 낫다는 분도 있었다. 내게는 어떤 책이든 소중할 뿐이다. 산고 속에 출산한 자식들이니까. 애비가 자식끼리 비교하면 안 되지 싶었다. 책이 작가의 손을 떠나 독자들의 영역으로 옮겨간 순간, 독자들의 관점에 따라 평가되는 것은 당연하다. 부족한 부분을 지적할 때는 겸허하게 경청해야 하는 것이 독자에 대한 예의다. 완벽한 책이란 없으니 쓴소리는 존재하는 게 당연하다. 작가는 쓴소리를 고깝게 여기지 말고 귀담아들어야 한다.

한편, 주위 지인들은 묻는다. 책을 내기 위해 사진을 많이 찍어야 했을 테니 부지런히 여러 곳을 돌아다녔을 거라고. 솔직히 아직은 시인이나 작가보다는 산책자, 도보 여행가(Walker)라는 호칭을 듣고 싶은 마음이다. 애초 출판을 목적으로 작품을 창작하지 않았고 사진을 찍을 목적으로 어디를 가지는 않았다. 오래전에 무거운 DSLR을 어깨에 걸치고 사진 찍으러 다닌 적도 있기는 하다. 걷다가 풍광에 꽂혀서 사진을 찍을지언정 지금은 걷는 게 좋을 뿐이다. 사진을 찍고 디카시를 창작하는 것은 남보다 비교적 많이 걸은 결과의 성과물이다. 걷지 못했다면 작품도 없었을 것이다. 어쩌면 '닭이 먼저냐, 계란이 먼저냐'처럼 공허하게 들리지만 사실은 사실이니까.

어떤 독자는 책에 실린 글보다 사진에 대해 호평을 한다. 사진 참 잘 찍었다고. 그 말을 듣는 순간, 아직도 내가 부족하다는 생각이 들어 뜨끔해졌다. "글이 좋다는 말을 들어야지. 사진이 좋다는 말을 듣다니…" 하고 말이다. 괜히 글이 사진(배경)을 못 따라갔다는 말로 들리니까. 반대로, 사진과 글이 절묘하게 조화를 이루어 글에서도 울림이 있다는 말을 들을 때는 최고의 찬사로 들린다.

걷는 게 좋아서 많이 걷다 보니 작품이 찾아오고 작품들이 모여 책이 되었다. 인생은 자신이 원하는 대로 가지는 않지만 가끔은 상상하지도 않은 일이 일어나기도 한다. 모든 걸 예상할 수 있다면 무슨 재미가 있겠는가.

걷는 여정에서 디카시를 만난 건 행운이었다. 걷기와 디카시만큼 절묘한 조합은 없다. 걸어야 어디서든 쉽게 멈출 수 있고 자연과 사물을 오랫동안 응시할 수 있다. 느낌이 찾아오기 전에 건성건성 보고 지나쳤다면 디카시 한 편 쓰지 못했을 것이다. 걷는 사람은 언제든 쓰는 사람이 될 수 있다.

모
심

母
心

어딜 그리 가오?

육신은 어디에 두고

마음이 불편하오

10월, 시랑 놀기 좋은 시간

그럭저럭 순항하고 있습니다

시 강의를 시작하면서 예전에 읽었던 시론집이나 시 창작법 책들을 다시 찾아서 읽고 있다. 디카시도 시라는 몸통에서 나온 가지이기 때문에 시를 알아야 좋은 작품이 나올 수 있다. 이성복 시인의 시론집『무한화서』나 박연준 시인의『쓰는 기분』은 언제 다시 책장을 펼쳐도 눈에 쏙쏙 들어오는 명작이다. 시를 알고 싶거나 처음 쓰려고 하는 분들에게 1순위로 권하고 싶은 책이다. 아마 이 책들을 읽고 나면 시와 부쩍 친해져 당장 시 한 편을 쓰고 싶은 기분이 들 것이다. 좋은 시집들을 찾아 읽는 것도 시론이나 시 창작법 책을 읽는 것 못지않게 중요하다. 하늘에 박힌 별의 개수만큼 반짝거리는 시집들은 또 어찌나 많은지…. 좋은 시집을 선별하는 것도 만만치 않다. 책방에 가서 가끔 구입해 놓은 시집이나 우연히 알게 된 시는 인터넷에서 조회하여 수업에 참고한다.

시 수업을 시작하기 전에 워밍업을 한다. 본격적으로 운동을 하기 전에 몸을 먼저 푸는 것처럼 시가 잘 찾아올 수 있도록 머리와 마음의 준비운동을 하는 것이다. 좋은 시를 두 편 정도 복사해서 수강생들에게 나눠주고 낭송하는 시간을 갖는다. 시와 친해지게 하는 목적이라 재미있거나 마음이 따뜻해지는 시 위주로 선별해서 진행한다. 시를 위트 있고 발랄하게 쓰는 성미정 시인의 〈사랑은 야채 같은 것〉으로 시작해서 가을이나 10월에 감상하기 좋은 나희덕 시인의 〈흔들리는 것들〉과 이해인 수녀의 시 〈10월의 엽서〉를 준비해서 낭송하는 시간을 가졌다.

워밍업을 하고 그다음 과정으로 자연스레 이어지니 수업이 매끄럽게 진행된다. 20분 정도 시를 쓰거나 감상할 때 필요한 기본 개념을 정리해서 소개한다. 이를테면, 메타포, 알레고리가 무엇인가? 미적거리는? 시에서 형상화란 의미는? 제목 짓는 방법, 관찰이나 상상력이 왜 중요한가? 상상하는 방법, 디카시 창작을 위한 사진 찍는 방법, 시상 전개 방법 등…. 처음 시작할 때는 일은 벌여놓고 어떻게 수습을 해야 하나 걱정이 태산이었는데 일단 시작하고 보니 길이 보였다.

잠시 헤매더라도 길이 보일 거라는 막연한 자신감과 주위의 응원과 격려는 이번에도 어김없이 힘을 보태주었다. 후배 작가는 심지어 본인이 특강이라도 해서 도움을 주고 싶다고, 본인이 디카시를 써본 적은 없지만 수강생들과 함께 써보는 시간도 가져보겠다는 뜻을 전하기도 했다. 그 말이 어찌나 고맙고 힘이 되던지. 때론 따스하게, 때론 냉정하게 객관적인 입장에서 조언을 마다하지 않는 회사 내 절친의 조언도 빼놓을 수 없다. 수업을 동영상 촬영해서 나중에 그걸 복기하며 강의 태도, 발음, 수업 분위기 등을 검증하는 시간을 가져보라고 말해주었다. 적절한 조언이었다. 수업의 업그레이드를 위해서는 필요한 일이라는 생각이 들었다.

첫 강의를 마치고 나서 고등학교 동창인 벗에게 앞으로 무슨 내용으로 수업을 진행해야 할지 걱정이라고 토로했다. 친구는 "오늘 총론을 이야기했으면 각론으로 하면 되잖아. 하나하나 세밀하게 들어가서 고민해 봐. 답이 나올 테니까"란다. '아, 맞아. 왜 그 생각을 못 했을까?' 간결하지만 임팩트 있는 답이었다. 최고의 팬을 자처하며 조용하게 응원을 아끼지 않은 후배님 등 여러 사람의 응원과 격려로 수업에 대한 자신감이 조금씩 더 자라났다.

디카시를 직접 써보고 합평하는 시간도 가진다. 타인의 작품을 감상하는 것도 중요하지만 직접 써봐야 즐긴다고 할 수 있으니까. 이 시간에는 자신의 작품을 발표하고 창작 동기를 이야기하고 타인들의 감상평도 듣는다. 타인의 작품을 통해 영감도 얻고 본인이라면 어떻게 표현할지 생각도 해보는 시간이기 때문에 어찌 보면 수업에서 가장 핵심적인 시간이다. 수강생들의 눈이 가장 반짝거리는 시간이기도 하다. 과제도 부여했다. 다음 수업 시간 전에 두 편 이상 디카시를 써서 강좌 밴드에 등록하는 것이다. 일상에서 자주 즐겨보았으면 하는 의도였다. 강좌를 시작하면서 스스로에게도 과제를 부여했다. 동참한다는 의미에서 나도 밴드에 새로 습작한 디카시를 등록하거나 시를 일주일에 한 편 이상 써보기로 한 것이다.

　디카시를 통해 일상을 색다르게 즐겨보라고 말은 하지만 일상 즐기기의 선도자처럼 보이는 것은 부담스럽다. 디카시를 쓴다고 일상이 어디 즐기기만 할 대상일까. 나를 힘들게 하는 일이 얼마나 많은데…. 같은 길을 가는 동반자라는 생각으로 강좌를 진행하고 있다. 아무쪼록, 태풍이나 거친 파도 없이 순항해서 목적지인 항구에 무사히 도착하기를 바랄 뿐이다.

첫
사
랑

놀라워라

저, 반짝이는 위트

미자가 아니라도

글 감옥 탈출기

완벽한 문장, 어디 없나요?

글을 쓰는 일은 언제나 어렵다. 남에게 보여주기 위한 글이라면 글을 쓰기도 전에 생각은 이미 포화 상태다. 독자들에게 읽는 기쁨이라도 주려면 가독성 있는 글이 되어야 하는데 그게 만만치 않다. 볼거리가 넘쳐나는 세상에서 굳이 뻔하디뻔한 글을 읽어 줄 만큼 독자들은 더 이상 관대하지 않다. 글을 쓰는 과정은 정신뿐만 아니라 몸의 에너지까지 고갈시킨다. 대개 글은 엉덩이로 쓴다지만 엉덩이로도 쓰고, 다리로도 쓰고, 때로는 온몸으로 쓴다. 그래서 생각이 벽에 부딪히면 주저 없이 자리를 박차고 일어난다. 앉아서 죄 없는 시간만 죽이기 때문이다. 글은 생각 자체이므로.

최근 한 달 동안 지인의 책에 대한 서평을 쓰느라 신경이 곤두서 있었다. 일전에 도움을 받은 분이라 잘 써야 한다는 중압감이 컸다. 누가 봐도 읽고 좋았다는 글을 쓰고 싶은데 그만한 능력은 안 되니 고뇌는 깊어졌다. 괜히 서평을 쓴다고 말해 사서 고생을 하나 싶었다. 글을 읽고 지인이나 독자들의 반응이 시큰둥하면 어쩌나. 호기롭게 서평을 써보겠다고 상대방에게 약속까지 하고 마감 기한까지 스스로 못을 박았다.

책은 반짝이는 문장으로 가득한데 제대로 읽어내지 못해 글이 삼천포로 빠지면 어쩌나, 행간에 숨어있는 작가의 마음까지 읽고 싶어서 일독을 하고도 책장을 반복해서 넘겼다. 서평에서 인용한 문장이 몇 페이지 어디쯤 있는지 떠오를 정도로. 하지만 책을 많이 읽었다고 글이 술술 나오는 건 아니다. 머릿속에서 사색이라는 적절한 조립 과정을 거쳐야 한다. 독자들의 구미를 당기는 맛깔스러운 글을 쓰려면 정독과 사색은 아무리 과해도 지나치지 않다. 주말에는 어김없이 노트북을 켜고 서평을 썼다. 오전의 알토란 같은 시간이 지나가고 오후로 접어들면 엉덩이뿐만 아니라 머리까지 지근거리기 시작했다. 생각의 저수지는 바닥을 드러내고 내가 설정한 마감 기한은 다가왔다. 작업속도는 더디고 초조한 마음은 온전히 내 몫이었다. 생각이 다시 솟아나게 하려고 공원 산책으로 모드 전환을 했다. 기어이 마감 기한을 넘기고 말았다. 지인에게서 쓴다는 서평은 어찌 되었냐고 연락이라도 온다면 뭐라 말해야 하나 난감했지만 다행히 그런 일은 없었다.

8월의 첫 휴일 아침, 청량리역에서 강원도 고한으로 향했다. 글은 퇴고를 남겨두고 있었다. 서평을 마무리하지 않고 뜬금없이 강원도 고산지대라니. 이제는 강원랜드가 있는 휴양지로 탈바꿈한 탄광 마을 고한과 서평을 마무리하는 것과 무슨 연관이 있을까? 모든 글을 마무리할 때마다 어딘가로 떠나거나 고한행 기차를 타는 것은 아니지만. 마음속에서 글을 잘 마무리해야겠다는 생각과 글에서 탈출하고 싶은 생각이 공존할 때 두 가지 모두를 만족시키려는 타협책이다. 기차에서 글을 다듬지만, 한편으론 기차를 타고 어딘가로 떠나는 것이니까. 카페라떼 한 잔과 생수 한 병을 들고 기차를 탔다. 스마트폰 필기장에 저장된 글을 불러놓고 차창 밖으로 가끔 시선을 던지며 퇴고 작업에 속도를 냈다. 눈에 거슬리는 문장을 빼고 머리에 떠오른 문장으로 대체했다. 처음부터 끝까지 소리 내어 읽어보고 마침내 마침표를 찍었다. 그사이, 기차는 영월, 정선을 지나 고한에 도착했다.

이제부터는 머릿속에서 서평이란 공기를 빼고 고한을 만나야 할 시간이다. 하이원 리조트에서 곤돌라를 타고 정상

근처에 내려 이후에는 하늘길을 따라 1,426m 백운산 마천봉까지 걸을 계획이었다. 곤돌라에서 내렸을 때 하늘에 구멍이 뚫린 것처럼 소나기가 퍼부었다. 그냥 돌아가야 하나 하늘만 바라보고 있었더니 10분쯤 지나서 거짓말처럼 비가 그쳤다. 마천봉 정상 표지석 앞에서 깊은 심호흡으로 산의 기운을 빨아들였다. 머리가 텅 빈 상태가 되었다. 얼마 전까지만 해도 온통 서평 생각뿐이었는데….

산을 내려오면서 서평 속의 문장 하나가 머리에서 톡 튀어나왔다. 왠지 매끄럽지 못하다고 느꼈던 표현인데 방심한 틈을 노리고 있었나 보다. 불편하니까 손 좀 봐달라고.

'그래, 맞아. 넌 고쳐야겠다. 아무리 봐도 어색해.'

끝난 줄 알았는데, 끝난 게 아니었다.

나,

지

금

내려놓고 싶어도

떨어지지 않는

근심덩어리

참 좋은 날

사인회를 마치고

대기표를 받고 사인을 받기 위해 길게 늘어선 줄, 나를 바라보는 무수한 시선들, 내가 생각해도 낯설기만 또 다른 나. 내가 앉아있어도 되는 자리가 맞는지 꿈이라고 하기엔 너무 생생하다. 사인회가 열린 2023년 6월 17일 오후 3시로부터 딱 일주일이 지났다. 얼마 전, 다른 작가의 사인회처럼 그때 그 상황이 재현되고 있었다. 광화문 교보문고 베스트셀러 코너, 사인회장에서 사인을 해주고 독자의 사진 촬영에 응해주는 여성 작가. 그 자리에 내가 앉아 있었다.

출판 작가라면 누구든 꿈꾸는 로망이자 작가가 원한다고 할 수 있는 것도 아닌, 출판 작가 사인회의 성지 교보문고 광화문점. 출판사 대표님이 사인회를 제안했을 때 내 귀를 의

심했다. 그런 제안을 들은 것만으로도 영광스러웠던지라 즉석에서 답을 하지 못했다. 한참을 미루다가 자주 소통하는 절친에게 의견을 구했더니 일단 응하라고 했다. 그다음 문제는 나중에 고민해도 늦지 않다고 말이다. 회의적인 생각에도 불구하고 사인회를 하고 싶었던 마음이 내게도 분명히 있었다. 돈을 주고도 하기 힘든 경험인데 이걸 어찌 포기할까, 해보지도 않고.

사인회가 결정된 이후 오로지 성공적인 사인회를 위해 올인했다. 이왕 하기로 한 거 썰렁해서 망신당하는 일은 없어야 하니까. 사인회 한 시간 전까지 교보문고 근처 카페에서 어떤 사인 문구를 써야 할지 고민하며 여러 가지 글씨체로 사인 연습도 했다. 사인회 행사이니 책을 구입해 사인을 받으려는 독자들에게 사인 문구 만큼은 무언가 의미 있고 정성껏 해드리는 게 가장 중요하다고 생각했기 때문이다.

장미의 열정을 가진 ○○○님, 항상 응원합니다.
참 좋은 날, 말랑말랑한 순간, 마음을 담아 드립니다.
○○○님의 아름다운 삶을 늘 응원합니다.
삶이 아름다운 ○○○님, 항상 응원합니다.

첫 번째 문구는 감각이 뛰어난 작가이신 지인께서 장미를 드릴 게 아니라면 쓰지 말라는 답이 왔다. 일리 있는 말이었다. 두 번째 문구는 무난하게 보여 사용하기로 했고, 세네 번째 문구는 절친이 슬그머니 힌트를 주어서 채택했다. 하지만 막상 사인을 할 때는 준비한 사인 문구가 어느 순간 무용지물이 되었다. 예정된 마감 시간은 다가오는데 여전히 대기 줄이 길었기 때문이다. 막판엔 '감사합니다'만 쓰기에도 벅찼다.

그렇다. 한 시간이 어떻게 흘렀는지 모를 정도로 사인회는 성공적이었다. 예상보다 많은 인원이 와서 출판사가 준비한 책이 모두 동이 나 사인을 받고 싶어도 못 받는 분들이 계실 정도였다. 책이 없어서 사인을 받지 못한 모 후배에게선 "책을 충분 준비해야지. 이게 무슨 상황입니까?"하는 부드러운 항의를 받기도 했다.

작년 8월에 작고하신 어머니가 떠올랐다. 세상의 모든 어머니처럼 자식들에게 좋은 일이 있으면 그렇게 좋아하셨는데, 살아계셨으면 얼마나 좋아하셨을까. 사인회장을 찾아주신 인연들 중 기억에 남을 만한 분들에게는 더 특별한 고마움을 느꼈다.

용인에서 선약까지 연기하고 먼 길 찾아주신 퇴직 선배님, 집안 모임이 있음에도 대전에서 찾아주신 이모님, 무거운 꽃바구니를 들고 축하해주러 오신 사내 동호회 선배님 부부, 줄 서 있는 독자들에게 격려의 박수를 유도했던 화가님, 자신의 일처럼 응원해준 사내동호회 회원들, 몸살끼를 무릅쓰고 찾아주신 최경자 의원님, 무슨 일이든 도움을 주겠다고 하더니 진짜 도움이 필요할 때 짠 하고 나타나 열일하신 박화진 작가님, 대학 시절 야학 교사로 고민을 함께 나누며 뜻을 같이했던 청우 선후배님, 그 외 단톡방을 공유하는 선후배님들.

절박한 마음으로 보낸 SOS에 기꺼이 응해주신 고마운 분들이다. 집에서 쉬지도 못하고 주말 오후 황금 시간대에 나를 찾아주셨으니 무어라 감사의 말을 드려도 부족하다. 사인회가 끝나고 폰에 전화번호가 저장된 분들께는 한 분 한 분 전화를 해서 고마운 마음을 전했다. 이외에, 사정상 참석이 곤란하지만, 힘껏 응원하겠다고 답장을 주신 분들도 고맙기는 마찬가지다.

지난 3월, 두 번째 책을 세상에 내놓을 때만 해도 솔직히 사인회까지는 예상하지 못했다. 장소가 교보문고 광화문점이 될 줄은 더더군다나 말이다. 사인회 일주일 전까지만 해도 '사인회장이 썰렁하면 어쩌나, 어떻게 하면 성공리에 마칠 수 있을까' 고민하며 '이 순간도 지나가리라'를 속으로 몇 번이나 읊조렸던가. 어머니께서 세상을 떠나신 이후, 여러 가지 일로 힘들었던 내게 하느님께서 힘내라고 이벤트를 열어주신 거라고 생각한다. 아무리 힘들어도 희망을 버리지 말고 살아가라고. 살다 보면 가끔은 좋은 일도 있을 거라고. 무엇이든 꾸준히 하는 게 중요하다고.

이제 원래의 일상으로 돌아왔다. 운이 좋아서 책 하나 내고 누릴 건 다 누렸다. 이제 무엇을 더 바랄까. 한 가지 바람이 있다면, 누가 봐도 이 글은 내가 썼다는 걸 알 수 있을 정도로 개성 넘치는 글을 쓰고 싶다. 보다 많은 사람이 공감하고 위로받거나 즐거움을 줄 수 있는 글을 쓰고 싶다. 스파이더맨처럼 은밀하게 변신하여 글을 쓸 때는 작가가 되고, 시를 쓸 때는 시인이 되고, 다시 일상으로 돌아와 무슨 일 있었냐는 듯 살아가는 평범한 삶이 이어졌으면 좋겠다.

선
물

하하하, 깔깔깔
햇빛 쏟아지는 날
이렇게 좋을 수가

마음 담아가라는
저, 발랄한 웃음꾼들

여행에 책을 담다

전주에서 『쓰는 기분』을 읽다

외출이나 여행을 떠날 때는 가방 속에 항상 책을 한두 권 습관적으로 챙겨간다. 책을 가지고 간다고 해서 반드시 읽는 것은 아니다. 자투리 시간이 생기면 책을 읽을 생각이지만언제나 만만치 않다. 가방 속 책보다 호주머니에 있는 스마트폰을 꺼내는 게 더 쉽다는 게 문제다. 세상 돌아가는 뉴스, 보다가 남아있는 넷플릭스 영화, 페친이 올린 따끈따끈한 짧은 글 등 볼거리가 수두룩한데 이런 유혹을 뿌리치고 책을 손에 쥘 확률은 거의 제로에 가깝다. 그럼에도, 매번 가방 속에 책을 준비해 나가는 것은 습관이라고밖에 설명이 안 된다. 그러고 보면 습관이란 말은 참 편리하다. 무엇이든 자세한 이유를 대지 않아도 되니까.

전주에 가면서도 예외 없이 오래전에 사두었지만 시간 날 때 읽어볼 생각으로 미루기만 했던 박연준 시인의 에세이집 『쓰는 기분』 한 권을 가방 속에 챙겼다. 다행스럽게도 이번에는 책이 스마트폰에 당하지만은 않았다. 전주로 가는 기차 안에도 읽고, 금산사 경내 벤치에 앉아서 쉬면서도 책장을 넘겼고, 혼불 문학관 근처 카페에서 라떼를 마시면서도 책을 손에 쥐었다. 고작 하룻밤만 자고 오면서 책 읽을 시간이 있기는 할까 회의적이었는데, 예전의 행태와 비교해봐도 고무적인 일이었다. 이것은 그만큼 책 속의 문장들이 가독성이 높았다는 뜻이고 선비와 한지의 고장 전주라는 전통 도시 특유의 분위기가 여행자의 독서욕을 자극했다고밖에 설명이 안 된다. 더구나 전주는 『혼불』이란 불후의 명작으로 문학 혼을 불태운 최명희 작가의 고향 아닌가.

시인이 쓴 에세이 문장은 시어처럼 읽혀져서 몇 번을 곱씹어 읽게 하는 힘이 있다. 박준 시인과 허연 시인의 에세이를 보면서 일찌감치 시인의 에세이에 주목했다. 〈얼음을 주세요〉라는 시로 2004년 중앙일보 신인 문학상을 수상하며 등단했던 박연준 시인. 발표 당시, 이렇게도 시를 쓰는구나 하며 눈이 번쩍 뜨인지라 에세이집을 출간했다는 소식을 듣고 바로 구입하게 된 것이다. 시에 관심을 가진 독자라면 시와 친해질 수밖에 없는 마법의 책이다.

메타포는 시의 뼈대이자 피입니다. 인생에 드리운 커튼이
기도 하지요. 고양이가 마음을 표현할 때 언제나 망토처럼
두르는 것입니다. 예술가들이 세우는 집의 기둥과 서까래입
니다.(p19)

'코코아는 내 따뜻한 갈색 엄마.' 정말 근사한 메타포 아닌
가요? 코코아가 따뜻한 갈색 엄마라니, 저는 이제 코코아를
먹을 때마다 갈색 엄마의 세계로 빠져들 게 분명합니다. 끝
내주는 메타포를 찾아서 사용한 사람은 독점권이 생깁니다.
코코아에 대한 표현 독점권!(p35)

마치 금방이라도 시가 찾아와서 '쓰고 싶은 기분'이 들게
하는 책이었다. 시 관련 에세이를 읽어서 그런지 전주 여행
은 한 편의 시와 같았다. 마음 쫄깃해지는 서정시보다 유구
한 역사의 목소리를 담고 있는 서사시의 모습에 가까웠다.

도착 당일은 금산사를 잠시 들러 모악산 등산길을 걸었고
다음 날은 한옥마을에서 출발해 오목대 - 자만 벽화마을 - 한
벽당 - 한벽굴 - 천주교 성지인 치명자 성지로 이어진 전주 한
옥마을 둘레길을 걸었다. 견훤이 세운 후백제의 수도이며 조

선 왕조의 발상지, 동학 농민혁명 유적지 등 이름에 걸맞게 역사에서 한 획을 그은 천년고도 전주의 면모를 느낄 수 있었다. 후백제 왕 견훤이 아들 신검에게 감금 당했다는 3층 목조 건물 금산사 미륵전, 미륵신앙의 요람지 모악산, 태조 이성계의 어진을 보관하고 있는 경기전, 천주교인 순교 터에 설립된 로마네스크 양식의 전동성당, 한옥마을 근처 산동네 자만벽화마을의 벽화 등 볼거리가 풍부했다.

한옥마을의 게스트하우스에서 1박을 했다. 아침에 주인이 직접 토스트와 흑미죽을 준비해 방까지 서빙해주는 식사 방식도 인상적이었다. 전주에 내려가기 전에는 예전에 걸었던 한옥마을을 반복 학습하는 게 아닐까 하고 별 기대를 안 했다. 기대감은 희미해도 포근함과 편안함이 좋았다.

의외의 발견을 통해 책과 여행지 모두 만족스러운 여정이 되었다. 이제 박연준 시인의 『쓰는 기분』 책장을 펼치면 전주에서 지냈던 시간이 떠오를 것이고, 전주에 가면 박 시인이 전해준 시에 대한 이야기들이 소곤거리듯 다가올 것이다. 책은 책장을 펼쳐 읽어봐야 비로소 진가를 알 수 있고, 여행은 여행지에 직접 가봐야 좋은지를 알 수 있다는 점에서 서로 닮았다.

심
미
안

審
美
眼

나를 보고도
겉보다 속이라고?
속도 모르면서

4부

묻다

인생 뭐 별거 있나요?

생일을 기억하는 방식

    팔을 활짝 펴고 바람의 손길에 몸을 맡겼다. 손길이 얼굴을 스치는 순간, 눈이 저절로 감겼다. 바다향에 취해 온몸이 나른해졌다. 영화 〈타이타닉〉이 개봉된 지 25년이나 지났는데, 아직도 타이타닉의 그늘에서 못 벗어나다니. 여주인공 케이트 윈슬렛이 뱃전에 서서 연기한 명장면을 몸이 기억해내고 그대로 재현했다.

    중년 남성이 이렇게 노는 걸 누가 관심이나 가질까마는 그게 무슨 상관이랴. 내가 좋아서 하면 된 거지. 남쪽 땅끝 여수 향일암 대웅전 앞에서 바다를 보았다. 일출과 일몰로 이름난 명소지만 한낮에도 눈앞에 절경이 펼쳐졌다. 희미하게 보이는 섬들 사이로 배 한 척이 긴 꼬리를 달고 지나갔다.

'어쩌자고 먼 곳까지 내려왔을까? 오늘 과연 귀경할 수 있을까?'

예정에 없던 장도에 들렀다가 향일암이 있는 돌산도로 가는 중이었다. 버스는 구불구불 고개를 몇 개나 넘고 있었다. 남해 보리암, 양양 낙산사 홍련암, 서해 강화 석모도 보문사와 함께 우리나라 4대 기도 도량인 여수 향일암. 바다에서 떠오르는 일출이 아름다워 이름 석 자까지 向日庵. 여수에 가면 꼭 한번 들르고 싶었다.

향일암과 남해를 만나러 가는 8월 25일은 음력으로 내가 세상에 나온 날이다. 작년 이맘때, 어떤 이유에서인지 몰라도 '이렇게 나이만 먹어가도 되나. 생일을 특별하게 보내는 방법이 없을까' 이런저런 생각을 했던 적이 있었다. 바쁘다는 핑계로 미루어 두었던 것을 도전해 보거나 가고 싶었던 장소를 가보는 건 어떨까. 미루기만 한 것은 당장 절박한 것은 아니기에 앞으로도 미룰 것이 뻔하니까. 해가 갈수록 타성에 젖어가는 나를 응시하면 슬펐다. 이건 아니지. 마음속 동굴에서 그런 메아리가 마음을 흔들었다.

'일 년 동안 고생 많았어. 앞으로도 계속 잘 부탁해.' 내가 내 자신의 등을 두드려 주며 특별한 이벤트를 준비해 주면 어떨까 상상했다. 그동안 보냈던 생일은 판에 박힌 듯 비슷

비슷했다. 가족과 지인들의 축하 인사, 가족들이 준비한 배스킨라빈스 아이스크림 케이크를 앞에 놓고 나이만큼 케이크 위에 꽂힌 촛불 끄기, 케이크 한 조각 입안에 넣으면 잠시 왔다가 사라지는 행복감, 축하도 받았고 달콤한 케이크도 먹었으니 이제 생일 끝. 다들 비슷하겠지만 대부분 이런 식이다. '생일에 너무 의미 부여하는 거 아냐?' 하고 누군가 묻는다면 할 말은 있다. 이왕 사는 거 재미있게 좀 보내야지. 기다린다고 즐거운 일이 찾아오나. 찾아 나서면 모를까.

작년 생일 때, 처음으로 실행에 옮겼다. 자전거를 타고 100km 라이딩 도전. 동네 골목이나 가끔 달리던 낡은 자전거로 한강을 따라 100km를 달렸다. 전철로 경기도 양평역까지 자전거를 싣고 가서 서울을 향해 출발했다. 양평군 서종을 찍고 한강을 따라 중랑천 북쪽까지 거의 100km였다. 경사진 언덕이 나타나면 자전거에서 내려 끌고 가기를 반복하며 반쯤은 정신이 나간 상태로 자정 무렵 집에 도착했다. 얼마나 힘들었던지 이벤트 한번 더하다가는 생일날 초상을 치를 것 같았다. 이번엔 무모한 도전을 피하고 새벽에 여수로 내려갔다. 향일암에 가기 위해서.

장도란 섬은 존재조차 몰랐다. 여수역 광장에 있는 여행안내센터에서 '예술의 섬, 장도'라는 안내 팸플릿을 보기 전까지. 330m 되는 다리(진섬교)로 뭍과 연결되고 물이 들어오면 다리가 물에 잠겨 아무 때나 갈 수 있는 섬이 아니란 사실은 장도 근처에 가서 알았다. 진섬교 앞에 도착했을 때는 운 좋게도 물때가 지난 시간이었다. 예술의 섬이란 이름에 걸맞게 초입부터 설치 작품들이 시선을 잡아당겼다. 해변을 따라 둘레길이 이어지고 예술 작품이 설치되고 전시장이 열리며 기껏 서너 가구가 고기잡이로 생계를 꾸려갔을 평범한 섬은 예술의 섬으로 화려한 변신을 했다. 섬 중심에 자리 잡은 전시장에서는 여수 지역 화가들의 작품전이 열리고 있어서 눈이 호사를 누렸다.

장도를 들러 향일암으로 가는 길은 왜 그렇게 길게만 느껴지던지. 버스에 내려서도 가파른 언덕길을 한참 올라가야 했다. 전망 좋은 언덕 위 식당에서 여수 돌산 갓김치를 반찬으로 밥 한 그릇을 비우고 나서야 다리에 힘이 돌아왔다. 대웅전에 모셔진 부처님은 일출이 보이는 자리에 좌정하고 계셨다. 저런 좋은 자리에서 매일 아침 해의 기운을 듬뿍 받으니 기도발이 센 도량이 될 수밖에. 누가 봐도 명당자리였다. 귀경하려고 여수역 가는 길에 버스커버스커의 노래가 생각나서 낭만포차 거리에서 밤바다도 보았다. 향일암을 보려고 와서 장도와 여수의 밤바다까지.

일 년에 한 번 돌아오는 생일 기념으로 이벤트 한번 하고 뿌듯한 마음이 들거나 아직 파릇파릇하다고 우길 마음은 없다. 나이가 나를 피해 가는 건 아니니까. 단지, 생일을 보내는 습관적인 방식에 변화를 줘서 생일만큼은 특별한 나를 만나고 싶을 뿐. 이젠 그때 그해의 생일엔 특별한 무엇을 했다거나 어디를 다녀왔다는 방식으로 생일을 기억할 것이다.

아
저
씨

꽉 막혀 보여도
가슴은 뜨겁다네

아무도
관심 없지만

버킷리스트의 힘

풀코스, 아홉 번째 도전기

그놈의 버킷리스트가 뭐라고 달리기에 소질이 있거나 즐기는 수준도 아니면서 10km도 아니고 풀코스를 열 번 완주하겠다는 건 누가 봐도 무모한 짓이었다. 애초 이 버킷리스트는 '완주를 목표로 풀코스 한 번 경험하기'였다. 그런데 한 번 뛰고 보니 한 번 가지고는 어디 가서 풀코스를 뛰었다고 말하기가 민망했다. 두 번 뛰고 보니 다시 '서너 번은 뛰어야지' 하는 생각으로 이어지고, '이럴 바엔 아예 열 번까지 완주해서 명예의 전당에 들어가 보자'라는 생각으로 버킷리스트가 업그레이드된 것이다.

춘천 마라톤 대회는 기록에 상관없이 10회만 뛰면 완주기념패를 주고 명예의 전당에 이름을 올려준다. '하다가 안 되면 말지…' 하고 처음에는 가볍고 막연하게 마음을 먹었다. 그때는 혈기나 열정이 하늘을 찌르던 시기여서 의지가 있으면 불가능한 건 없다고 생각했다.

10월 마지막 주 일요일, 날이 밝자 일찌감치 상봉역에서 춘천행 전동차에 몸을 실었다. 오전 9시 공지천 주변에서 출발하는 마라톤 대회에 참가하기 위해서였다. 전날 밤까지 '춘천에 가야 하나, 말아야 하나' 마음을 정하지 못해 갈등했다. 분명한 것은 춘천에 가게 되면 중간에 포기하지 않는 한 무조건 뛸 거라는 사실이었다.

완주 메달을 목에 걸 수 있을지는 몰라도 몸은 만신창이가 되어 있을 게 불 보듯 뻔했다. 체중은 불어나고 작년에 비해 체력이 많이 떨어져 조금만 달려도 숨을 헉헉 몰아쉴 정도였으니까. 설상가상으로 일주일 전엔 몸살까지 나서 고생이 이만저만이 아니었다.

얼마 전부터 헬스장에 들러 다리 근력 운동을 하고 지난달엔 다른 대회에 참가하여 10km를 뛰며 풀코스를 준비했는데 이 모든 것이 무의미하게 되었다. 갈등은 있었지만 선택의 여지는 없었다. 내년에 한 번만 더 뛰면 열 번이 되는데 어찌 포기할 수 있단 말인가. 그동안 매번 힘들게 완주한 걸 생각하면 누구라도 나와 똑같은 선택을 했을 것이다.

누군가는 직설적으로 물었다. 열 번을 뛰면 뭐가 달라지냐고. 맞는 말이다. 달라질 게 뭐 있겠나. 잠시 자기만족에 빠져서 기쁘다 말겠지. 굳이 폼나게 대답하자면 사내가 결심을 했으면 끝을 봐야지. 딱, 이 정도일 것이다. 버킷리스트에 있어서 꼭 이루고 싶었던 것뿐이다.

하프 지점에 설치된 간식 제공 구역에서 순식간에 초코파이 5개를 입에 구겨 넣고 바닥난 기운을 보충하기도 했다. 단언컨대, 이때 먹었던 초코파이와 물이 세상에서 가장 맛나고 시원했다. 지나간 여덟 번의 완주처럼 전방 3~4m쯤 앞에 주자가 없는 걸 확인하면 10보쯤은 눈을 감고 질주했다. 그렇게 하면 거리를 훌쩍 뛰어넘어 순간이동을 한 것 같았다. '결승선 1km 전'이라는 안내판이 어찌나 반갑던지. 길고 긴 1km를 달려 결승선을 통과하고 나서야 바닥에 무너졌다. 이번에도 뛰면서 '힘들어도 참고 완주하자'는 마음과 '너무 무리인 것 같으니 이제 그만 멈추자'는 두 개의 마음이 치열하게 줄다리기를 했다.

결국, 금방 쓰러질 패잔병처럼 만신창이가 된 육신을 맞이간 의지가 이끌고 가까스로 결승선을 통과했다. 성취감보다는 안도감이 밀려왔다. 어찌 되었건 이번에도 별 탈 없이 완주는 해냈다. 여기까지 끌고 온 건 버킷리스트의 힘이 컸다.

보이지 않는 속박이랄까.

버킷리스트란 말의 유래를 알고부터는 그 단어에 정나미가 떨어지고 말았다. '죽기 전에 하고 싶은 희망 목록'이라고 막연히 알고 있었는데, 중세 시대 때 자살을 하거나 교수형에 처해질 사람이 양동이를 밟고 밧줄에 목을 거는데 자기가 밟고 있는 양동이를 차버리는 'kick the bucket'에서 유래되었다고 한다. 즉, 이런 행위 때의 'bucket'과 'list'가 합해져서 희망 목록이 되었다는 것이다.

정말 마라톤이 나랑 맞지도 않고 그다지 즐기는 것도 아닌데 버킷리스트에 올려놓았다는 이유만으로 지금껏 뛰었을까? 마라톤으로 건강을 유지할 수 있다고 주장하는 마라톤 예찬론자나 대회마다 얼굴을 내미는 마니아는 아니지만, 마라톤은 참 매력적인 운동이란 사실은 인정한다.

인생에서 주어진 시간을 대부분 의자에 앉아 책을 읽고 스마트폰 화면을 보면서 채우기에는 너무 아깝다. 머리를 쓰는 만큼 몸도 단련이 필요하다. 몸을 단련하는 데는 등산이나 걷기, 자전거 라이딩 등 무엇을 하든 상관없지만 풀코스 마라톤만큼 짜릿한 운동은 아직 경험하지 못했다. 완주 후 마치 죽었다 다시 살아난 기분을 어디서 느낄 수 있단 말인가. 죽음 앞에서 모든 고민은 하찮은지라 달리면서 세상의 고민으로부터 해방감을 느낀다. 그렇다고 고민이 사라지는 것은 아니지만, 몸을 한번 흔들어 놓고 새로운 기분으로 다시 생을 시작하는 맛은 어디서도 느낄 수 없는 마라톤만의 매력이다.

"아무리 일상이 힘들어도 무너지지 않고 계속 가다 보면 좋은 일이 있을 것이고, 매사에 무리하지 않고 삶의 속도 조절을 잘해야 멀리 갈 수 있다".

마라톤을 통해 얻은 인생의 지혜다. 10년 이상 걸려 진행된 풀코스 마라톤 10회 완주. 이제 막연한 꿈이 아니라 현실로 성큼 다가와 있다.

인
생

자기만의 속도로
쉬지 않고 끝까지

나, 살아있다
세상을 향한 당찬 선언

응답하라, 2023!

수유리&쌍문동&My story

중고등학교 시절, 가슴 콩닥거리는 짝사랑에 대한 추억은 누구에게나 있을 것이다. 말할까 말까 망설이며 끙끙 앓다가 결국 말 한 마디 못 하고 가슴속에 묻어 버리거나 용기를 내어 고백했지만 이루어지지 못한…. 대부분 짝사랑은 미완성이다. 단번에 깨진 내 짝사랑처럼.

"다음 정류장은 정의여중입니다."

중학교에 다니던 시절, 아침 등굣길에 쌍문동을 지날 때쯤 버스 안에서 꾸벅꾸벅 졸고 있다가도 '정의여중'이란 안내방송만 나오면 눈이 번쩍 뜨였다. 학교가 있는 혜화동까지는 더 가야 했지만, 호감을 가졌던 여학생이 다니는 학교 이름이라 본능적으로 깨어났다. 방송을 듣고 나면 그 여학생이 눈에 들어오기라도 할 듯, 내 눈은 차창 밖을 빛의 속도로 스캔했다. 하지만 하얀 교복들 속에서 그녀는 그림자조차 보이지 않았다. 가끔 꿈에서나마 잠시 나타났다 사라질 뿐. 그렇게 쌍문동은 추억의 심연 속으로 가라앉았다.

강남에서 수유리로 근무지가 변경된 지 벌써 1년이다. 정들면 어디든 고향이란 말처럼 처음에는 낯설었던 풍광들이 이제 자연스럽게 눈에 들어온다. 수유리(동)는 내게 쌍문동과 한동네나 다름없다. 짝사랑이 살았던 쌍문동 바로 옆 동네이기 때문이다. 우이천을 사이에 두고 지금은 각각 강북구와 도봉구로 분리되었지만, 세월이 흘러도 골목의 정경이나 느낌은 변한 게 거의 없다. 뭔가 정리되지 않은 느낌이지만 여전히 사람 냄새 물씬 나는 서민적인 동네라 마치 옛 친구를 다시 만난 기분이다. 무엇보다 동네 어디서든 북한산 봉우리와 능선을 볼 수 있고 수유리와 쌍문동의 경계인 우이천을 걸을 수 있는 것은 여기서만 누릴 수 있는 특권이다.

집에서 나오는 시간은 강남으로 출근할 때랑 별 차이가 없다. 처음에는 출근 시간 30분 전 회사 근처 맥도널드에서 모닝커피를 앞에 놓고 하루의 계획을 세워 보는 등 여유를 부려보기도 했지만 한 달 만에 그만두었다. 그 대신 한 정거장 전인 쌍문 전철역에서 내려 회사가 있는 수유리까지 걸어서 출근했다. 백운대를 바라보고 우이천을 건너면서 이런저런 생각의 유희를 즐겼다. 이를테면 '수유리나 쌍문동이란 지명에는 무슨 뜻이 있을까? 이 동네는 왜 이렇게 시장이나 빌라들이 많은 걸까? 역 주변에 고층 빌딩들이나 브랜드 숍이 모여 있음에도 왜 강남처럼 폼나지 않는 걸까?' 등등. 학창시절에 짝사랑할 때는 온통 그 여학생 생각뿐이었는데 이제는 나이를 먹어 감성의 시간이 사라지고 이성이 지배하는 시간 속에서 살고 있다.

수유리는 옛날 '무너미'라고 불렸는데 '북한산에서 흘러 내려오는 물이 넘치는 동네'라는 뜻이란다. 쌍문동이란 명칭은 마을의 효자를 기리기 위해 마을 사람들이 효자문 두 개(쌍문)를 세운 것에서 비롯되었다고 한다. 그 말대로, 지난 9월 폭우가 내렸을 때 북한산에서 엄청난 물이 쏟아져 내려오는 걸 눈으로 확인할 수 있었다. 퇴근 후 우이천에 갔더니 북한산에서 내려오는 물들이 함성을 내지르며 강변을 휩쓸고 있었다. 마치, 백만 대군이 일사불란하게 진격하는 형세였다.

비가 내려서 그런지 마음이 눅눅해 천변의 식당에서 뜨끈한 바지락 칼국수로 속을 데웠다. 면발이 술술 넘어갔다. 나 같은 사람이 많았던지 그날은 빈자리를 찾아볼 수 없었다. 식사가 끝나고, 우이천을 건너 수유리의 옆 동네로 넘어와

시장길을 걸었다. 명품 드라마 〈응답하라 1988〉의 배경이며 〈아기공룡 둘리〉의 고향인 쌍문동은 내게 이루지 못한 짝사랑이 살던 공간이기도 하다.

그 이후, 마음이 서늘해지면 수유리에서 출발하여 우이천변 칼국수 집에서 허허로운 속을 채우고 잘생긴 백운대와 인수봉을 바라보는 것이 소확행이 되었다. 쌍문역에서 집으로 가는 지하철을 탈 때쯤 새로운 기운이 몸 안으로 스며듦을 느낀다.

10대 시절 짝사랑에 대해 굳이 더 말하자면, 나이 서른 고개를 넘어가기 전 쌍문동에 있었던 호텔의 로비 커피숍에서 그녀를 한번 만났다. 행운인지, 불행인지 환상은 그날 바로 깨졌다. 그때부터 모든 꿈은 반드시 이루어지지 않아도 된다는 것을 알았다.

내게 이제 수유리와 쌍문동은 더 이상 꿈꾸는 공간이 아니라 일상의 고민을 품고 살아야 하는 현실의 공간이며 짝사랑의 기억을 품고 있는 추억의 공간이다.

유
혹

망설이지 말고
냉큼 들어오라고

이렇게
감성이 없어서야

독창은 못하지만 합창은 좀 합니다

프렌들리 합창단 10주년 기념 공연

노래와는 그다지 친하지 않았다. 어쩌다 떠오르는 노래가 있으면 유튜브에서 찾아 듣는 수준이다. 노래방 가는 게 1년에 손가락으로 꼽을 정도라 노래를 부를 일도 거의 없었다. 노래방에 가더라도 부르는 곡은 언제나 같았다.

내 18번은 프랭크 시나트라의 My way다. 노래방만 가면 빼놓지 않고 부르던 곡으로 음정 박자가 맞지 않아도 주변으로부터 그나마 갈채를 받은 유일한 노래다. 발성법이 워낙 독특해서 그랬을 거라 짐작한다. 천장을 울릴 정도의 고음이라 귀가 아파서 누구든 집중할 수밖에 없다. 음치라는 걸 알고부터 노래로 빛나 보겠다는 생각은 일찌감치 접었다.

시간, 장소, 나이 불문하고 누구라도 즐길 수 있다는 점에

258

서 노래 혹은 음악의 위대함에 대해서는 의심해본 적이 한 번도 없다. 영화를 통해서 그걸 체험했다. 〈라라랜드〉, 〈맘마 미아〉, 〈미션〉, 〈시네마 천국〉, 〈보헤미안 랩소디〉, 〈오페라 의 유령〉 등 마음에 든 영화들은 음악까지 감동적이었다. 좋은 음악을 감상할 수 있는 것만으로도 태어난 게 축복이라 생각했다.

1년 전, 노래가 작심하고 내게로 찾아왔다. 절친한 선배께 서 합창단 가입을 권유하셨다. 성악을 전공하신 두세 분을 제외하고 대부분 퇴근 후 취미로 음악을 즐기시는 직장인 남성 합창단이었다. 노래를 못하는 후배에게 어찌 그런 제안을 하셨을까 싶어 고마웠지만, 선뜻 건넨 손을 잡을 수 없었다.

'여러 사람 앞에서 망신 당할 일 있나…'

처음 제안을 들었을 땐 딱 이 생각이었다. 하지만 좋은 분들과 함께 노래를 부르고 싶은 생각만 있으면 된다고 해서 용기를 냈다. 노래 잘하는 대학 동창을 끌어들여 동반 가입을 했다. 친구랑 같이하면 서로 쓴소리 단소리 주고받으며 오래 할 수 있을 것 같아서였다. 노래 잘하는 사람들만 모인 합창단이라면 정중하게 거절하는 게 도리였을 것이다. 나 때문에 합창단의 수준을 떨어뜨릴 수는 없으니까.

간단하게 오디션을 치렀다. 합격 불합격을 판정하는 건 아니었지만 잔뜩 긴장한 상태에서 노래를 불렀다. 첫날 연습이 끝나고 호프집에서 열린 입단 축하의 자리는 소박했지만 기억에 남았다. 합창 모임답게 건배사도 "자! 우리 모두 잔을 들어요~" 노래로 포문을 열고, 동갑내기인 단원 한 명은 자리에서 일어나 우렁찬 목소리로 이태리 민요 칸초네를 불러줬다. 아마추어들이지만 음악을 진정 좋아하는 사람들의 모임다웠다.

매주 화요일 퇴근 후, 어김없이 합창 연습을 위해 마포의 연습장으로 갔다. 끝나고 집에 가면 11시나 되는 늦은 시간이었지만, 노래를 부르는 시간만큼은 행복했다. 지휘자가 선곡한 곡들도 맘에 쏙 들었다. 귀갓길에 콧노래가 저절로 나왔다. 노래를 부르는 것이 이렇게 기분 좋은 일이라니. 일상의 고민에서 잠시 벗어나 딴 세상에 가 있는 느낌이었다.

지난 주말, 합창단의 10주년 축하 공연이 있었다. 올해 초부터 준비한 뜻깊은 행사였다. 강남의 카페식 공연장을 빌려 가족, 친구 등 소규모의 인원만 초대해 한 해를 마무리하는 공연이기도 했다. 대중 앞에서 처음 하는 공연이라 긴장했다. 노래를 하는 단원들이나 노래를 들으러 오신 분들이나 한결같이 얼굴에 미소가 가득했다. 턱시도까지 맞춰 입고 거울 앞에 서보니 낯설었다.

같은 음역대인 바리톤은 나를 포함 네 명이었다. 연습할 때마다 신경이 곤두섰다. 내가 바리톤과 테너의 경계에 있기 때문에 노래를 하던 중 무심결에 음역이 높은 테너를 따라 했기 때문이다. 공연에서는 그런 불상사가 일어나지 않도록 주의를 기울여야 했다. 그렇다고 입만 빼끔거릴 수도 없고 연습 때 지휘자가 한 말이 자꾸 떠올랐다. 공연장이 작아서 관객들은 누가 입만 빼끔하는지 다 안다고. 다행히 그런 일은 일어나지 않았다. 〈삶이 그대를 속일지라도〉, 〈첫사랑〉 등 합창 6곡을 무리 없이 잘 소화했다.

불과 1년 전만 해도 하얀 턱시도에 나비넥타이를 목에 매고 무대에 서서 노래를 부른다는 건 상상조차 할 수 없는 일이었다. 노래는 잘하지 못하지만 좋아하는 노래를 좋은 분들과 함께 팀을 이뤄 불러보는 경험을 한 것에 만족한다. 사람들과 좋은 인연을 유지하며 잘 지내는 것만큼 중요한 게 어디 있을까. 하물며 음악이라는 매력적인 끈으로 연결된 거니 이보다 좋은 관계는 없을 듯싶다. 앞으로 노래와도 잘 지낼 것이다. 험난한 시간을 통과할 때마다 힘이 되어줄 활력소 같을 테니까.

열린

음악

회

귀 기울여 봐!
어디선가 들려오는
꽃들의 합창

보지 않으면 들을 수 없다

별이 빛나는 밤에

인연이 모여 인생이 된다

몇 해 전, 대전 유성에 있는 회사 연수원에서 2박 3일 교육이 있었다. 무엇을 배운다기보다는 인생 2막을 자기만의 색깔로 그려나가고 있는 분들을 초빙해 이야기를 듣는 시간이었다. 아침에 눈을 뜨고 방의 창문을 열면 새들의 지저귀는 소리가 들렸다. 건물 주변으로 난 산책길을 걸으며 나를 되돌아보기에도 좋은 일정이었다.

이틀째 되는 날, 한 강사께서 강의실 문을 열고 들어오셨다. 같이 일한 적은 없지만 이름은 예전부터 알고 있었던 선배님이셨다. 선배님이 강당에 서자 강의실에서 웃음이 삐쭉삐쭉 나왔다. 깔끔하게 차려입는 신사복 위에 걸린 빨강 나비넥타이 때문이었다. 흡사, 담벼락에 핀 주먹만 한 장미 한

송이 같았다. 이번 강의를 즐겁게 진행하겠다고 결의를 다지며 집에서 나올 때부터 착용했다고 한다. 순간 교육생들 얼굴에서 웃음이 빵 터져 나왔다. 여기 와서 해도 되었을 텐데 집에서부터 하고 나오다니. 지나가던 사람들이 그 모습을 봤다면 얼마나 웃었을까?

강의도 어찌나 들을 만한 내용이 많은지 2시간이 훌쩍 지나갔다. 팬이 아이돌 스타를 만나는 설렘으로 수업이 끝나고 찾아가서 인사를 드렸다. 내공이 단단하신 분처럼 느껴졌다. 이름까지 비슷해서 그다지 벽을 느끼지 못했다. 일주일 정도 지나고 그분께서 연락을 주셨다. 자신이 먼저 찾아가 인사한 사람은 많았지만 먼저 손 내밀고 찾아온 후배는 별로 기억에 없었다고. 그렇게 해서 인연이 시작되었다. 열정 넘치게 활동하시니 아는 분들도 모임도 많았다.

호감이 가는 분께 먼저 찾아가 인사를 드린 걸 용기 있는 행동이라고까지 표현할 만한 것은 아니다. 마음이 끌리는 대로 행동한 거니까. 그 당시 나는 그분께 끌리는 게 있어서 자연스레 다가간 것뿐이다. 내가 그분을 통해 무슨 이익을 바라고 그랬던 것도 아니다. 어쩌면 그분의 에너지가 워낙 강해서 나를 끌어당겼을지도 모른다. 사람이 연결되는 인연의 법칙이 있다면 대부분 그런 식으로 연결될 테니까. 무엇보다 그분과 내 친구가 '노래'라는 것을 매개로 좋은 인연이 되었다는 게 더 기쁘다. 내가 잘하는 게 하나 있다면 지인들 중에서 서로 마음의 결이 비슷할 거란 생각이 들면 연결시켜 주는 것이다. 내게도 좋은 사람이니 다른 지인에게도 좋은 사람일 거란 믿음이 있기 때문이다. 실제로 그렇게 연결해줘서 좋은 관계를 유지하고 있는 분들이 몇몇 있다. 심지어 30대 때는 대학 선배의 결혼 상대자까지 소개해준 적도 있다. 지금까지 좋은 가정을 꾸리고 있음은 당연하다. 내가 선구안이나 능력이 있다고 말하는 건 아니다. 한평생 살면서 좋은 인연과 잘 지낸다는 건 인생이란 험난한 강을 건너는 데 가장 중요한 일이다. 그런 관계를 통해 급류에서도 빠져나올 수 있으니까. 하지만 시간과 공간이 달라 대부분 그렇게 연결될 기회조차 없을 뿐이다.

내가 연결시켜 줘도 좋다고 생각하는 인연의 기준은 딱 두 가지다. 마음이 순수해야 한다는 것과 서로 마음의 결이 비슷해야 한다는 것. 물론, 내가 상대를 잘 알고 있어야 한다는 것과 서로 간에 취향이나 기호가 비슷해야 한다는 것은 기본이다. 완벽한 인연끼리 연결시켜 주는 게 아니라 서로 맞을 만한 인연들을 연결시켜 주는 것이다. 그들이라고 왜 결점이 없겠는가. 다만, 좋은 점이 결점을 사소하게 여길 만큼 크다면 괜찮지 않을까. 선배와 친구는 이제 내가 샘이 날 정도로 잘 지내고 있다. 뿌듯하기만 하다. 내가 바라던 모습이니까. 어찌 보면 이런 데서 숨어있던 내 존재감을 확인한다. 적어도 세상을 위해 좋은 일 하나 했다는 느낌이다.

세상은 우리가 알게 모르게 연결되어 있다. 관계도 마찬가지다. 선배와 친구도 각자 좋은 관계로 연결되어 있을 것이다. 때론, 선배와 친구가 아는 관계들이 나와 연결되어 있기도 하다. 반짝이는 별처럼 하늘에 박혀 각자 자기만의 빛을 내고 있다. 별빛 쏟아지는 밤이 아름다운 이유다. 나도 거기에 있을 것이다.

별
밤

메마른 가슴에
별 하나 품고 살자고
다짐해 보았지만
내일이면 잊으리

별빛 쏟아지는 밤

밥은 먹었니?

어머니께서 떠나셨습니다

　고래 한 마리가 머리 위를 지나간다. 시야에서 사라질 때쯤 고층 아파트 상공 위에서 또 다른 한 마리가 육중한 모습을 드러낸다. 절찬리에 종영된 드라마 〈이상한 변호사 우영우〉에서 주인공이 무언가 번뜩이는 아이디어를 떠올릴 때마다 어디선가 나타나는 향유고래다.

　아무리 공항 근처인 김포라지만 공항에서 승용차로 30분이나 떨어진 지점에서 이렇게 많은 비행기를 보게 될 줄이야. 2022년 8월 29일은 지금까지 내 평생에 창공을 날아가는 비행기를 가장 많이 본 특별한 날이 되었다. 그리고 태어나서 가장 슬픈 하루이기도 했다. 머리 위에서 그르렁거리는 소리가 날 때마다 시선은 하늘로 향했다. 마치 하늘이 무너지지 않을까 걱정을 하는 소심한 사람처럼. 불과 하루 전까지만 해도 내가 낯선 이곳에 있으리라곤 상상도 하지 못했다.

일산 동생 집에서 요양하시던 어머니께서 갑자기 김포의 종합병원 중환자실에 입원하셨다는 소식을 듣고 난생처음 가보는 김포 걸포동 쪽으로 차를 몰아 도착하니 자정이 넘었다. 코로나 확진으로 급격하게 혈압이 떨어져 코로나 병동이 있는 김포로 이송되셨다고 한다. 일주일 전 낮에 어머니를 간병하러 온 간병인에 의해 코로나가 전염되어 집에서 자가 치료 중 상태가 악화되셨다. 이미 폐의 기능이 회복되기 힘들 정도로 좋지 않아 산소호흡기를 차고 계셨다. 면회는 어려워서 기껏 의사나 간호사를 통해 전화로 상태를 확인할 수밖에 없었다. 희망을 놓지 않고 이틀 밤을 병원 로비 의자에서 쪽잠을 자며 대기했지만, 상황은 비관적이었다. 내가 할 수 있는 건 아무것도 없었다. 대기실에만 앉아있으려니 답답해서 병원 주변 계양천변 산책로를 무작정 걸었다. 병동에서는 어머니 상태에 변화가 있으면 전화를 주겠다고 했지만, 그것이 무엇을 의미하는지 알고 있었다. 접종 한 번 하지 않고 지병까지 있는 고령자에게 코로나 확진 후 예후는 대부분 치명적이다. 무슨 계시를 들려주려는 것처럼 하늘에서 비행기 소음이 계속 끊어질 듯 이어질 때마다 내 고개는 하늘로 향했다.

휴양지로 떠나거나 돌아오는 비행기를 처연하게 바라보는 그때 나는 출구가 없는 미로에 갇힌 기분이었다. 82년 동안 한 가정의 귀한 딸로, 언니로, 누나로, 아내로, 어머니로 살아왔던 한 생명이 꺼져 가고 있는데 세상은 아무 관심도 없다는 듯이 잘만 돌아가고 있었다.

결국, 피하고 싶은 전화를 받고 말았다. 오후 6시 20분 운명하셨다는 내용이었다. 들려오는 목소리는 차분했지만 건조했다. 누군가는 그 말 한 마디에 가슴이 무너지고 있는데 저쪽은 그런 통보가 일상적인 듯 느껴졌다.

천붕지통(天崩之痛)이란 말처럼 하늘은 무너져 내릴 낌새조차 없이 평온했지만, 무너져 내린 것은 세상 누구도 눈치채지 못한 내 마음뿐이었다. 어머니랑 서로 얼굴을 마주하고 대화할 수 있는 시간이 앞으로는 돌아오지 않는다고 생각하니 비로소 어머니의 부재가 실감 났다. 그 순간에도 몸에 철갑을 두른 고래는 무덤덤한 표정으로 머리 위를 지나갔다. 2년간 어머니의 지난했던 투병 생활이 허무하게 끝나버렸다. 코로나란 복병에게 뒤통수를 맞을 줄 누가 알았을까. 뇌출혈 수술로 혈관성 치매와 반신마비가 되어 혼자 힘으로 할 수 있는 게 거의 없으셨지만 그동안 잘 버텨 오셨는데….

2년 전, 어머니가 머리 수술 후 병원 생활을 하시면서 우리 집안에서 행복이란 단어는 꽁꽁 숨어버렸다. 어떤 좋은 일이 있거나 기념일이 찾아와도 행복하지 않았다. 어머니의 병환과 부재가 가족들에게 짙은 그늘을 드리웠다. 코로나 상황으로 면회도 쉽지 않았고 간병인에게 많은 걸 의지해야 했다. 2주에 한 번꼴로 간병인이 집에 쉬러 갈 때는 코로나 검사를 하고 동생과 내가 번갈아 가며 간병을 하러 가야 했다.

1년 정도 지난 후, 입원 치료의 효과가 없다며 병원에서 퇴원을 요구할 때 처음으로 어려운 결정을 해야 하는 시간이 찾아왔다. 어머니를 집에 모실 수 있는 상황이 안 되어 요양병원을 알아보고 있을 때 형제 중에 하나뿐인 여동생이 자신의 집에서 모시겠다고 나선 것이다. 갸륵하고 고마운 마음이었지만, 동생도 직장에 다니고 있었고 낮에는 요양보호사나 간병인의 도움을 받더라도 밤에 섬망 증상이 있는 어머니를 집에서 모시기란 쉽지 않은 상태였다. 그럼에도 코로나 상황에서 요양병원에 모시면 면회도 맘대로 하지 못하고 언제 돌아가실지 모르니 가족들이 함께 지내는 시간을 갖게 하자는 동생의 의견을 마냥 반대할 수만은 없었다.

그 이후, 주말 휴일에는 이틀 동안 드실 죽을 사 들고 어머니를 돌보러 갔다. 주중에 매일 밤잠도 제대로 못 이루고 어머니를 돌보는 동생을 생각하면 이 정도는 아무것도 아니라는 마음으로 버텨냈다. 돌아가시면 이런 시간조차 다시 오지 않을 거라 생각하니 어머니랑 함께 보내는 시간이 점점 고맙게 느껴졌다.

그동안 어머니께 소홀했다고 하나님께서 일부러 시간을 주신 거라 생각하며 그동안 어머니와 함께 했던 시간보다 훨씬 더 많은 시간을 어머니와 함께 보내게 되었다. 보청기를 빼면 듣지도 못하시면서 귀에서 빼내어 바닥에 던지거나 식사를 안 하겠다고 입안에 밥을 뱉어내는 등 돌발 행동을 하실 때는 어찌해야 할지 난감했다. 자정이 넘은 시간에 "아버지, 어머니!"하며 오래전 돌아가신 할아버지, 할머니를 부를 때는 아무리 나이 들어도 어머니 역시 부모님을 그리워하는 나약한 자식임을 알게 되었다. 밤에 주무시기 전 혹은 휴일, 유튜브로 천주교 미사 방송을 시청하며 묵주를 쥐고 성호를 긋고 한 손으로 기도하실 때는 마음이 저절로 숙연해졌다.

어머니의 장례를 무사히 치른 후, 가족들이 모였을 때 동생이 어머니의 유언을 촬영한 동영상을 공개했다. 올해 초여름 어머니 정신이 맑으셨을 때 촬영했다고 한다. 입을 떼기 힘든 상황에서 어머니는 또렷한 목소리로 가족들 개개인에게 차근차근 당부의 말씀을 하셨다. 구순이 다 되어 가시는 아버지께는 그동안 잘해주지 못해서 미안하다고, 다시 태어나서 만나면 잘해주겠다고, 애들 말 잘 따라가며 화합하며 살라고. 나를 호명하며 말씀을 하실 때 순간 눈을 뜰 수가 없었다.

"아들아, 밥은 먹었니? 난 지금 먹었다. 밥 잘 챙겨 먹고 다녀라. 좋은 거 먹고 다녀. 밤늦게 다니지 말고 집에 일찍 들어가."

그동안 어머니는 우리 집안의 중심이었다. 세상의 모든 어머니가 그러시겠지만 자식 누구든 포용하고 감싸 안아 주셨다. 어머니는 내가 마음을 의지했던 든든한 버팀목이기도 했다. 투병 생활 중 옆에서 어머니를 지켜보며 얼마나 강인하고 대단하신 분인지 새삼 느낄 수 있었다.

보고 싶어도 다시 볼 수 없는 영원한 이별은 가슴에 메꿀 수 없는 구멍 하나를 남겼다. 언제든 예고된 이별임을 알고 있었다면 평소에 조금이라도 잘해 드려야 했을 텐데. 그것이 무슨 거창한 일이 아님에도 우선순위가 아니었다. 급한 일이 아니라는 핑계로 어머니께서 평생 살아 계실 것처럼. "밥은 먹었니?"라는 말씀이 "별일 없는 거지?"라는 뜻이었음을 누가 모를까. 어머니는 자식이 미덥지 못해 항상 내 걱정을 하셨다.

"엄마! 미안해요. 이제 모든 걱정 다 잊고 편안하게 쉬세요."

밥
때

어찌 아시고
가장 듣고 싶었던
엄마의 언어

소통에도 무게가 있다면

스몰토크&소통 트립

해변이 보이는 맛집에서 점심 식사, 카페에서 티타임, 전등사 방문, 전등사 주변 둘레길 걷기, 교동시장 고깃집에서 저녁 식사, 펜션에서 친목의 시간.

지난해 7월 어느 날, 회사 동료들과 강화도에서 보낸 오후 일정이다. 1박 2일 일정으로 직원들 간 '소통 트립'이라는 소통 강화 프로그램을 운영한다는 공지가 사내 게시판에 걸렸을 때 처음엔 반신반의했다.

'일 안 하고 어디든 가도 된다고? 더구나 한도 내에서 일체의 비용을 지원해준다니. 살다 보니 별일이 다 있네.'

물론 최소한의 규정은 있었다. 한 팀의 편성 인원은 7인,

현재 동일 부서원이 한 팀이 될 수 없음, 다닐 곳과 숙박지는 참가자들이 상의해서 정할 것, 각기 다른 연령대별 팀 구성, 안전 관리를 위해서 세부 프로그램 종료 시마다 회사 운영자에게 안전사고 발생 여부를 통보할 것 등이었다.

코로나 이후 체육 모임, 워크숍 등 행사들을 자제하는 분위기가 계속 이어졌다. 그래서 소통 좀 하고 지내라고 회사에서 이런 프로그램을 만든 걸까? 1박 2일이지만 일에서 잠시 벗어나 외부에서 소통하며 편안하게 시간을 보내는 것만으로도 충분히 참가한 직원들에게 리프레시는 될 만하다고 생각했다. 주도적으로 모임을 추진할 만한 깜은 되지 않아서 누군가 지인이 초청해준다면 거절할 이유가 없었다. 나도 소통하고 싶은 1인이니까. 프로그램이 시작된 지 4개월쯤 지나 아는 후배로부터 참가 요청이 왔다. 나를 포함해 남자 2명, 여자 5명이었다.

목적지는 강화도였다. 대부분 처음 보는 직원들이라 첨엔 좀 서먹서먹했지만 일정대로 잘 지내다 왔다. 회사 업무 이야기나 무슨 심오한 이야기를 하려고 간 것도 아니고, 같은 회사에 근무한다는 소속감, 존중과 배려, 스몰토크로 연령 차이의 벽을 느끼지 못했다. 소통 강화라는 목적이 분명한 프로그램임에도 불구하고 1박 2일 동안 어떤 참가자도 '이번 기회에 소통을 강화해야지' 작정하고 온 직원은 아무도 없었다. 참가자 중에 같이 근무했던 동료가 있다면 오랜만에 만나 함께 다니며 먹고, 마시며 대화하고, 무엇을 하든 그 시간을 즐겼을 뿐이다. 서로를 모르던 참가자들도 편하게 말을 섞으며 경계를 지워갔다. 1박 2일 내내 소통으로 채워진 셈이다. 혼자가 아닌 여럿이 모여 대화하며 시간을 보냈으니까.

"날씨가 참 좋아요."

"여기, 맛집 맞네요."

"경치 넘 환상적이지 않아요?"

"운전하기 힘드시죠."

"이건 제가 할게요."

"다음에 또 이런 기회가 있었으면 좋겠어요."

대화는 대부분 이런 식이었다. 상대의 말에 공감하거나 배려하고 관심을 보여주는 따뜻한 말, 어색한 분위기를 깨고 친밀감을 만드는 데 사용하는 말, 스몰토크들이었다. 이런 대화로 참가자들은 벽을 허물고 시간이 갈수록 마음으로도 한 팀이 되었다.

"여러분! 소통을 강화하는 시간 보내시길 바라요!"

회사에서 묵시적으로 참가자들에게 소통 강화를 요청했을지언정 참가자들의 대화는 전혀 무겁지 않았다. 회사라는 조직의 언어인 '빅토크'와 개인들이 나눈 언어인 '스몰토크'의 무게는 달랐지만, 프로그램의 취지에 맞게 소통이 진행된 것이다. 본인은 의식을 하지 않고 있었는데 어느새 상대방과 좋은 관계가 형성된 것처럼. 스몰토크는 섬과 뭍을 연결한 다리처럼 참가자 각 개인들을 하나로 이어준 소통의 가교 역할을 했다. 가랑비에 옷 젖듯 교감한, 따뜻한 소통의 시간이었다.

심 안
心 眼

그거 알고 있나

보이는 모든 것에는
표정이 있다는 것

지금 그대 표정이라는 것

그림, 아는 만큼 보인다고?

반은 맞고, 반은 틀리다

중학교 3학년 때 그림 전시회를 보러 처음으로 미술관에 갔다. 미술 선생님께서 학교 근처 동숭동에 있던 미술관 방문을 숙제로 내주셨기 때문이다. 미술관이라고 했지만 엄밀히 말하면 지금은 사라진 디자인 포장센터의 전시실이었다. 아무리 숙제라 해도 어떤 그림들을 보게 될까 약간의 설렘은 있었다. 전시실에 입장해 작품들을 보는 순간 미로 속으로 빠져든 기분이었다. 내가 알고 있던 그림에 대한 통념을 깨는 그림들이었기 때문이다.

그때는 단순하게 인물이나 사물, 풍경을 똑같이 그린 것이 잘 그린 그림이라 알고 있었는데 전시된 그림들은 화가가 무엇을 표현하려고 했는지 내 수준으로는 이해할 수 없는 작품들이었다. "이게 무슨 그림이야?" 하는 생각부터 "그림이 이렇게 어려운 거였어?" 하는 생각까지…. 미술 과목이 갑자기 멀게만 느껴졌다.

선생님께서 분명 세계적으로 이름난 화가의 작품들이라고 했으니 내 그림 감상 수준이 형편없음을 드러낸 꼴이 되었다. 그날 이후, 내 기준으로 그림 같지 않은 그림을 그린 '살바도르 달리'라는 화가의 특이한 이름은 뇌리에 단단히 박혔다. 전시회에 다녀온 이후, 미술 시간에 선생님께서 그의 작품 세계에 대한 설명을 하셨을 테지만 기억나는 건 하나도 없었다. 설명조차 난해하다고 생각해서 한 귀로 듣고 흘려버렸을 거라 짐작할 뿐이다.

오랜 시간이 지나 그림에 관심을 가지며 책을 보고 나서야 그가 초현실주의를 대표하는 거장이었음을 알게 되었다. 갖가지 기행으로 미친 사람 취급을 받았다고 해도 이상하지 않은데, 입체파의 거장 피카소와 비교해도 전혀 명성이 뒤지지 않는 스페인의 대표 화가라니. 그는 꿈이나 환상의 세계를 자기 방식대로 재구성해 그리거나 눈에 익숙한 것들을 낯설게 표현한 초현실주의 선구자로 서양화나 서양미술사에 대해 문외한인 중학교 3학년생이 그의 작품들을 이해하지 못한 것은 어찌 보면 당연했다. 달리와 그의 작품 세계에 대해 관심을 가지면서 잘 그린 풍경화나 인물화를 보는 것보다 화가의 숨겨진 창작 의도를 작품 속에서 찾아내는 과정을 즐기게 되었다. 이젠 달리나 르네 마그리트 같은 초현실주의 화가들의 어떤 작품을 봐도 주눅 들지 않고 감상할 수 있는 수준이 되었다.

그림과 친해지기까지 이주헌, 이명옥, 유경희, 우지현, 이소영 작가가 쓴 그림 에세이들의 도움을 많이 받았다. 책 속에 담긴 따뜻한 그림과 바삭바삭하게 익어 먹기 좋은 빵 같은 글들의 조합은 언제 읽어도 마음을 촉촉하게 했다. 미술관에서 특별전을 하면 가급적 찾아간다. '이 그림은 무엇을 표현하려고 한 걸까? 인물은 왜 저쪽에 배치했을까?' 등 작품을 감상하며 상상의 나래를 펼치는 순간이 즐겁다.

국내에서는 인사동 화랑에서 열렸던 '르네 마그리트 전시회'가 기억에 가장 남고, 해외에선 런던 코돌트 갤러리에 전시된 고흐의 강렬한 자화상이나 '폴리 제르바의 여인' 등 마네의 작품들을 보았던 순간을 잊지 못한다. 한때는 그림을 잘 그려보고 싶다는 욕심도 있었다. 명동에 있는 화실에 등록하고 다녔지만, 몇 번 수업에 빠지다 보니 진도를 따라가지 못해서 중간에 그만두었다.

최근 국립현대미술관에서 하는 이건희 특별전에 다녀왔

다. 코로나 시기, 예약제로만 운영할 때는 몇 번이나 예약을 시도해도 실패해서 포기한 상태였다. 마침 현장 발급제로 전환되었다는 소식에 지난 4월 마지막 수요일 문화의 날에 퇴근하자마자 달려가 관람할 수 있었다. 김환기, 천경자, 장욱진, 박수근, 이중섭 등 한국 미술을 대표하는 화가들의 명작을 한꺼번에 볼 수 있다는 사실만으로도 행복했다. 그중에 가장 기억에 남는 작품은 김기창의 '군마도'와 김환기의 '여인과 항아리'였다. 벽 한 면을 모두 차지한 대작들로 사람들의 시선을 끌어모았다.

청각장애를 가진 김기창은 못 듣는 것에 대한 아쉬움이 컸던 탓일까. '군마도'를 보는 순간, 벽에서 말 울음소리와 말발굽 소리가 요동쳤다. 여섯 마리의 말들이 금세 벽을 뚫고 나올 것처럼 주위의 그림들을 압도했다. 반면 '여인과 항아리'는 '군마도'에 놀란 가슴을 어루만져 주었다. 여인들이 다양한 포즈로 사슴, 항아리, 새와 함께 화폭을 아름답게 수놓고 있었다. 주로 점, 선, 면을 작품화한 한국 추상화의 선구자인 김환기의 작품이란 사실이 의외였다.

이건희 회장 유족들께서 기증한 작품이 그림을 포함하여 2만 점 이상이라고 하니 그걸 다 볼 수 있는 기회가 주어지면 계속해서 눈이 호강하게 될 것이다. 중년 이후, 취미조차 동적인 것에서 정적인 것으로 변화한다고 볼 때 그림 감상만큼 좋은 취미도 없다. 그림 속 세계에 빠져 잠시 일상에서 벗어날 수 있고, 그림으로부터 위로를 받을 수 있기 때문이다. 힘들거나 따분한 일상에서 인간은 가끔 의도된 정서적 충격이나 따뜻한 위로가 필요하다.

아는 만큼 보인다는데 아는 게 별로 없다고 생각한다면, 이참에 미술 에세이 한 권 구입해서 정독해보길…. 책방에 가면 표지부터 시선을 사로잡은 미술 에세이가 한두 권이 아니다. 책을 집어 들고 책장을 넘기는 순간, 마음은 이미 미술관에 가 있을 것이다. 미술관에서 그림을 감상할 때 그림 옆의 설명 글은 가급적 나중에 보는 것도 감상의 팁이다. 오랫동안 작품을 응시하고서 눈을 감고 작품을 머릿속에 그려보라. 화가가 무엇을 표현하려고 했을까 상상의 세계로 빠져보는 것도 그림 감상의 재미다.

화가의 의도가 무엇이든 정답은 없다. 보는 사람이 어떻게 받아들이냐도 중요하니까. 즉, 아는 만큼 보인다는 말은 반은 맞고 반은 틀리다.

그
림
의

힘

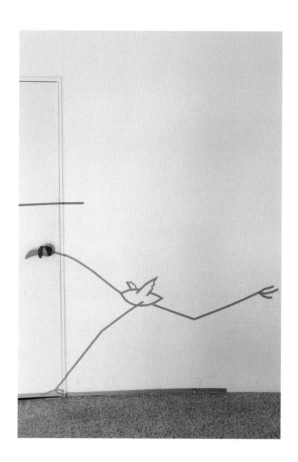

무조건 뛰어
이유는 묻지 말고

덩달아 뛰고 싶다
이유는 몰라도

마르코 이야기

종교가 우리를 구원해줄 수 있을까?

'마르코'는 나의 세례명이다. 10여 년 전, 성당에 나가게 되었을 때 직접 지은 이름이다. 천주교 성인(聖人)들의 이름 중에서 세례명을 지어야 한다고 하기에 인터넷에서 성인들의 이름을 검색하던 중 '복음(福音)'이란 말을 처음 사용했다는 '마르코'라는 성인의 이름에 꽂혔다.

마르코는 어릴 적 감명 깊게 본 TV 만화 영화의 주인공이기도 하다. 이태리 제노바에서 남미 아르헨티나로 돈 벌러 떠난 엄마를 찾는 열세 살 소년 마르코의 지난한 여정을 담은 〈엄마 찾아 삼만 리〉. 지금 생각해 보아도 방영 시간 내내 감정이입이 되어 눈을 뗄 수가 없었던 명작이다. 마르코 성인의 존재를 알기 오래전부터 그 이름에 호감을 가졌기 때문에 주저 없이 세례명으로 선택했다.

하지만 지금 누군가 내게 천주교인이라고 묻는다면 "네"라고 대답하기조차 민망하다. 미사에 참석한 게 언제였던가 기억이 가물가물할 정도이니까. 독실한 교인들이 나를 무늬만 천주교인이라고 폄하해도 할 말이 없다. 마르코 성인이 하늘에서 나의 행태를 보고 계시다면 틀림없이 자기의 이름을 욕되게 하지 말라고 호통이라도 치셨을 것이다. 그럼에도, 마르코라는 이름에 강한 애착이 있어서 영어 닉네임조차 마르코로 정했다.

마르코 성인이 베네치아의 수호성인임을 알고 베네치아에 갔을 때 성인의 유해가 있는 산마르코 성당을 찾아간 적도 있다. 성인의 이름을 빌려 쓰면서 그 정도의 예의는 표시해야 한다고 생각하고 갔지만, 어마어마한 입장 대기자들의 숫자에 놀라 발길을 돌려야 했다. 만화 주인공 이름을 떠올리며 세례명을 지었듯, 천주교 신자가 된 이유 또한 엉뚱했다.

대학 다닐 때 다녔던 성당에 마음의 빚이 있었다. 당시 신자가 아닌 야학 교사로 성당에 나갔다. 밤마다 성당을 찾았지만, 미사를 드리거나 성당 일과는 무관하게 오직 야학 때문이었다. 성당 지하실에서 야학이 열렸기 때문이다. 성당과 야학과는 특별한 관계는 없었다. 무상으로 빌려 쓰는 처지에

나가라 하면 야학 문을 닫을 수도 있는 상황에서 좋은 공간을 제공해준 것이 고마워 언젠가는 이 성당의 신자가 되어야 겠다고 다짐했다.

대학생들의 회비로 근근이 운영하던 처지라 모일 수 있는 공간을 무상으로 제공받은 것은 엄청난 혜택이었다. 다짐한 대로 30대 중반에야 나는 마르코란 세례명을 가진 그 성당의 신자가 되었다.

대학 1학년 새내기 때는 'JOY'라는 교내 성경 읽기 모임에 나가기도 했다. 모임에 나오는 선배들의 표정이 어찌나 밝던지, 그 표정을 닮고 싶었다. 기독교를 믿으면 나도 저렇게 될 것만 같았다. 하지만 개신교에 대한 내 사고의 한계로 자연스레 발길이 끊어졌다. 아무리 선하더라도 기독교를 믿지 않으면 천국에 갈 수 없다는 말에 거부감이 들었다. 이해하려 하거나 의심하지 말고 무조건 믿어야 한다니. '그런 말도 안 되는 소리가 어딨어?' 하는 생각이었다. 절대적인 믿음이 선행되지 않다 보니 개신교는 가까이하기에 너무 멀게만 느껴졌다.

성당을 다니기 시작할 때 어머니는 나를 따라 불교에서 천주교로 개종하셨다. 어머니는 원래 불교 신자였지만, 무릎 관절염으로 산에 있는 절까지 가시기는 무리였다. 그래서 내가 성당에 같이 다니자고 했던 것이다. 그 이후, 어머니는 독실한 천주교인이 되셨다. 반면, 세례명이 무색하게 나는 마르코를 영어 닉네임으로만 소비하고 있다. 그러면서 힘든 일이 있으면 어김없이 하느님께 매달린다. 참 내가 생각해도 뻔뻔하기 이를 데 없다. 아쉬울 때만 하느님을 찾고 있으니. 내가 하느님이라도 이런 불량 신도는 눈에 들어오지 않을 것이다. 얄밉게도 하느님께서 나를 도와줄 거란 생각까지 하고 있으니 도둑놈 심보나 다를 바 없다. 이런 사실을 알 턱 없는 절친한 후배는 내게 자기 교회에 나오라고 가끔 연락을 해온다. 아끼는 누이도 몇 년 전부터 교회를 다니기 시작해서 지금은 독실한 크리스천이 되었다. 그들이 내게 선한 기운을 주며 항상 내 주변에 있는 것처럼 하느님도 나와 가까운 거리에 있을 거라고 생각한다.

종교라는 영어 단어 'Religion'은 라틴어 'Religio'에서 파생되고 'Religio'는 '연결하다'라는 뜻의 라틴어 'Religare'에서 파생되었다고 한다. 즉, 종교는 '연결하다'라는 의미라고 한다. 이런 맥락에서 볼 때 그들을 통해 내가 하느님과 연결되어 있다고 봐도 무방하리라.

신은 죽었음을 선언하고 내세는 없으니 초인(超人)이 되어 현실의 어려움을 극복하고 적극적으로 살아가라는 니체의 주장은 명쾌해 보이지만, 힘들 때마다 하느님의 옷깃을 붙잡고 도움을 청하는 나를 돌아볼 때는 공허한 메아리처럼 들린다. 니체의 말처럼 초인이 되기에는 난 너무나 약한 존재임을 알고 있다. 하느님과 직접 소통하지 못해도 신앙생활을 하는 주변의 지인들을 통해 위로를 받거나 힘을 얻고 있으니 어쩌면 나도 이미 구원을 받고 있는 것인지 모른다. 꿈에서 마르코 성인이 나타나 말씀하셨다.

"마르코여, 언제까지 방황할 거니? 하느님께 바짝 다가가 보렴. 진짜 구원이 무엇인지 볼 수 있으니…."

빛의 제국

어둠을 모르고
어찌 빛을 알까

고통을 모르고
어찌 희망을 알까

엄마 생각

엄마 1주기

열무 삼십 단을 이고
시장에 간 우리 엄마
안 오시네, 해는 시든 지 오래
나는 찬밥처럼 방에 담겨
아무리 천천히
숙제를 해도
엄마 안 오시네

〈엄마 생각〉, 기형도

엄마가 돌아가시고, 생각나면 자연스레 떠오르는 기형도 인의 시. 초등학교 저학년 시절, 학교에서 집까지 거의 30분 이상을 걸어 다녔다. 서울 근교의 도시지만 지금처럼 대중교통망이 완비되지 않은 상태라 도시 외곽에 사는 아이들은 대부분 걸어서 등하교를 했다. 학교 후문 쪽 횡단보도를 건너고 도로변과 번데기 공장 뒤편 밭 사잇길을 지나 미군 부대 주변을 돌아가면 범골 우리 집. 수업을 마치고 집에 오면 가끔 엄마가 보이지 않았다. 시 속 화자의 엄마처럼 시장에 열무를 팔러 가시거나 일이 있어서 해가 시든 후에 돌아오신 것은 아니었다. 대개는 옆집이나 잠시 동네 아주머니 댁에 잠시 가 계셨다. 그럼에도, 엄마의 부재는 그 당시 어린 나를 불안하게 하기에 충분했다. 엄마! 엄마! 부르다가 부재를 확인하고 방에 덩그러니 혼자 앉아 엄마가 오기만을 기다렸다. 그 시기에 엄마는 나와 떨어질 수 없는 분신 같은 존재나 다름없었다.

엄마가 돌아가신 지 딱 1년. 엄마 생각을 하면 마음이 숙연해지고 그리워 "엄마!" 하고 부르면 어디선가 홀연히 나타나실 것만 같다. 주말이나 휴일, 집을 떠나서 낯선 곳을 걸을 때는 어딘가 살아 계실 엄마를 찾아가는 기분이 든다. 어릴 적, 감명 깊게 보았던 만화 영화 〈엄마 찾아 삼만 리〉의 주인공 마르코처럼. 그렇다고 자주 엄마 생각을 하는 것은 아니다. 명절 혹은 아버지나 동생을 볼 때 떠올리고 있을 정도이니까. 그것이 속상하신지 꿈에도 거의 나타나지 않으신다. 그래도 어린 날 기억의 편린들은 머릿속 어딘가에 저장되어 엄마를 생각할 때마다 한두 개씩 꺼내보곤 한다.

독서를 즐기게 된 것도 어찌 보면 엄마의 영향이 컸다. 초등학교 4학년 때 엄마가 선물한 10권짜리 한국사 이야기 시리즈에 빠져서 책을 읽기 시작했다. 빨간 하드커버는 고급스러웠고 책의 내용이나 사진, 삽화도 만족스러웠다. 1권부터 10권까지 몇 번이나 읽었는지 각 시대의 위인들 이름을 막힘없이 이야기할 수 있을 정도였다. 당시에는 집에 읽을 만한 책이 별로 없었으니까 학교에서 돌아오면 한국사 이야기만 읽고 또 읽었다. 그래서 또래들 중에 나만큼 우리나라 역사를 잘 아는 사람은 없다고 생각할 정도로 특별한 자긍심이 생겼다.

물론, 엄마가 일찌감치 나를 우리나라 역사 전문가로 키우실 생각으로 책을 사주신 것은 아니었다. 전집류 책 좀 팔아보겠다고 시외 변두리 마을까지 찾아온 출판사 영업사원 아저씨의 집요한 꼬드김과 자식을 위해 이런 책은 사줘야겠다는 엄마의 자식 사랑이 맞아떨어진 결과였다.

중학교 2학년 때 참가한 웅변대회도 엄마를 떠올리면 빠질 수 없는 추억 중 하나다. 전교 웅변대회가 예정되어 있었는데 담임 선생님께서 웅변 한 번 해본 적 없는 나를 반 대표로 지목하셨다. 언변이 부족하고 얌전이로 통하던 볼 것 없는 학생을 왜 지목했는지 그 이유는 아직도 불가사의하다. 하지만 그때도 지금처럼 한 번 결정된 일은 일단 밀고 나가는 추진력은 있었던 것 같다. 남들보다 못난 게 뭐 있냐는 심정으로 시내에 있는 웅변학원에 등록하고 2주 동안 수업을 들었다. 웅변 원고는 가까스로 작성했지만, 연습은 어찌해야 할지 난감했다. 결국, 1인 청중을 자처한 엄마 앞에서 목청을 높였다. 엄마 앞에선 부끄러울 게 없었다. 내가 "만장하신 학우 여러분! 이 연사 힘주어, 힘주어 외칩니다!" 하고 두 팔을 하나씩 앞으로 뻗으면, 묵묵히 듣던 엄마가 박수를 치며 아들의 기를 살려 주셨다.

지금 생각해도 웃지 못할 황당한 사건도 있었다. 열 살 때쯤, 서랍장 속에서 우연히 꼬깃꼬깃한 종이 한 장을 발견했다. 반듯한 엄마의 글씨였다. "열아홉 살 섬 색시가 순정을 바쳐 사랑한 그 이름은 총각 선생님." 대충 이런 내용이었다. 순간, 망치로 머리를 맞은 듯 어질어질했다. 보령 선주 집 맏딸인 엄마에게 다른 남자가 있었나 싶은 생각에서다. 원산도

같은 섬마을에도 외가 친척이 있었으니 엄마가 섬에도 살았을 거라는 추측이 들었다. 엄마에게 묻지는 못하고 어린 마음에 끙끙 냉가슴을 앓으며 우리 형제를 남겨두고 집을 떠나시면 어쩌나 고민 속에 며칠 밤을 뜬눈으로 보냈다. 그것은 섬마을 선생님을 잊지 못해 연필로 꾹꾹 눌러쓴 엄마의 연서가 아니라 가수 이미자의 노래 가사였음을 나중에 알게 되었다. 안심과 허망함이 교차되던 순간이었다.

엄마를 떠올리면 이야깃거리가 한 보따리다. 엄마랑 보낸 기간만큼 좋은 기억, 슬픈 기억, 아쉬운 기억 등등 별의별 기억이 다 섞여 있다. 엄마는 어쩌자고 이렇게 많은 이야기를 내게 남겨 놓고 가셨을까. 살아 계실 때 아무리 잘해드렸다고 해도 아쉬웠을 텐데, 형제 중에서 엄마한테 가장 많은 사랑을 받고도 동생이 한 만큼도 해드리지 못한 나는 동생에게도 면목이 없다. 밤하늘을 바라보며 이제 별이 된 엄마를 찾아본다.

어
머
니

이 세상에서

가장 환한 그늘 아래

숨고 싶어라

카페라떼 한잔 하실래요?

카페와 카페라떼 이야기

카페 없는 세상을 상상이나 할 수 있을까? 전망좋은 곳에 위치한 대형 베이커리 카페부터 프랜차이즈 카페인 콩다방, 별다방, 자기만의 이름을 가진 동네 카페, 반려견을 동반할 수 있는 펫카페까지 대한민국은 가히 카페의 천국이라 할 만하다. 언제부턴가 카페는 어른들의 쉼터이자 놀이터로 힐링 공간이 되어 주고 있다.

삼삼오오 모여 앉아 담소를 나누는 젊은 엄마들, 노트북을 켜놓고 인강 학습 중인 학생, 바짝 다가앉아 데이트를 즐기는 연인, 책장을 넘기며 혼자만의 시간에 빠진 40대 가장, 주말의 카페는 다양한 군상들이 모인 다목적 공간이다. 지인끼리는 사교의 공간으로, 학생들에게는 학습의 공간으로, 연인들에게는 데이트 공간으로, 중년에게는 자신을 찾아가는 성찰의 공간으로 소비되는 것이다. 카페가 없다면 이 사람들은 어디서 시간을 보낼까? 공원이나 광장이 떠오르지만 결이 다르다. 카페를 대체할 만큼 아늑한 공간은 아니다. 카페에 간다는 것은 단지 커피 한잔을 마시기 위함이 아니다. 비용을 지불하고 마음의 여백을 넓히기 위해 잠시 쾌적한 공간을 구입한 것이니까.

나는 카페라는 공간을 참 좋아하는 1인이다. 평일에는 주로 점심 식사 후 동료와 커피를 마시며, 퇴근 후에는 가끔 마음을 추스르는 쉼터로 활용한다. 주말에는 책을 읽거나 글을 쓰는 공간으로 찾아간다. 적당한 소음, 탁자 위에 놓여있는 라떼 한 잔, 분위기에 맞게 읽을 만한 에세이나 시집 한 권, 생각을 채집해서 담을 수 있는 노트만으로 카페는 잠시 머무를 수 있는 최적의 공간이 된다. 실내의 쾌적함과 인테리어, 의자의 포근함, 탁자의 디자인 등을 따질 정도로 나의 카페 취향은 독특하다.

여행을 가서도 한 번은 가급적 카페에 들른다. 일정을 점검하거나 생각을 정리하기에 그만한 공간이 없다. 거리를 걷다가도 외관이나 간판이 독특한 카페를 보면 눈길이 자연스레 그쪽으로 향한다. 일부러 카페를 찾아다니는 것은 아니지만,

일상에서 누릴 수 있는 소소한 사치의 하나라고 생각한다.

누구든지 단골 카페 하나쯤 가지고 있을 것이다. 대부분 가족들과 언제든 찾을 수 있는 동네 카페다. 동네 카페 외에 라떼 맛이나 인테리어가 마음에 들어 찾는 카페들도 있다. 카페 주인의 인테리어 감각이 돋보이고 라떼 맛도 좋은 수유역 근처 카페 '메리모로우'는 타르트 맛도 일품이다. 외벽에 빨강 리본과 분홍색 대형 의자를 배치해 지나갈 때마다 시선이 머무는 '수유가배당'은 가정 집을 개조해 만든 카페로 대문을 지나 들어가는 순간 마음이 편안해지는 힐링 공간이다. 대나무 숲에 있는 듯한 분위기를 주는 '수유리조트'는 벽에 걸린 감각적인 그림과 라떼 맛도 좋지만, 북한산 능선이 보이는 3층 옥상이 포인트다. 어두워지면 카페 앞 교회 벽돌 건물이 유럽의 중세 도시 느낌을 준다.

내게 카페는 카페라떼와 동의어다. 카페인에 민감해서 몸이 환영하지 않음에도 카페만 가면 카페라떼를 주문한다. 커피 마니아인 지인은 커피의 기본인 아메리카노를 마시라고 권하지만, 카페까지 가서 군이 쓴 아메리카노를 마시고 싶지는 않다. 그렇다고 지나치게 단 카페모카나 캐러멜 마끼아또에 눈길을 주지도 않는다. 에스프레소에 우유가 적당히 스며든 달콤한 라떼 한 잔이면 만사 OK.

라떼 위에 하트까지 있으면 눈까지 호강한다. 잔을 입에 대기도 전에 하트를 보면 맛이 어떨지 감이 온다. 하트가 성의 없이 뭉개져 있으면 우유와 에스프레소의 비율도 맞지 않아 맛이 없을 확률도 높다. 반면, 한 잔을 비울 때까지 하트가 형태를 유지하면 시선을 잔에서 뗄 수가 없다. 따뜻한 라떼 한 모금이 목을 넘어가는 순간 "아~ 행복해"라는 말이 입에서 절로 나온다. 내게 라떼 한잔은 하루치 행복이다. 라떼의 달콤하고 풍부한 맛은 일상에 찌든 몸과 마음을 부드럽게 위로한다.

스페인에 갔을 때 그곳 사람들이 아침 식사 대용으로 추로스와 에스프레소를 마시는 걸 보고 한동안 에스프레소를 마셨다. 두세 번 입에 털어 넣으면 금세 바닥을 보이는 에스프레소 잔조차 심플해서 좋았다. 하지만 단맛의 추로스 없이 에스프레소를 폼으로만 계속 마실 수는 없었다. 결국, 라떼로 돌아왔다.

주말 오전, 별다른 일정이 없으면 동네 카페에서 카페라떼 한 잔을 앞에 놓고 상념에 잠기거나 책장을 넘긴다. 중년의 사내가 혼자 카페에 앉아있는 모습이 궁상맞게 보인다 한들 어쩌랴. 나이가 들수록 눈치 보지 말고 혼자서도 잘 놀아야 한다. 체면 따위는 창밖으로 던져 버리면 그만이다. 누가 내 인생을 대신 살아주는 것도 아니지 않나. 혼밥은 하면서 카페에 혼자 가는 걸 어색하게 여기는 것은 모순이다. 혼자 가본 일이 없기 때문에 어색할 뿐이다. 카페에서 혼자 할 수 있는 것이 얼마나 많은데.

자신의 내면을 들여다보거나 지친 심신을 다독거릴 수도 있다. 마음의 근육을 키우기 위해서라도 가끔 낯선 자기와 마주하는 혼자만의 시간이 필요하다. 관계의 사슬로 연결된 도시의 거리에서 카페는 관계의 해방구다. 익명의 공간에서 잠시 누릴 수 있는 소소한 행복. 카페 외에 어디서 이런 기분을 만끽할 수 있을까. 카페에서 마시는 카페라떼에 대해서는 더 이상 보탤 말이 없다.

아
니
라
해
도

식어버려도
떠날 수 없다면

누군가에겐 정(情)
누군가에겐 집착

마르가리타 공주의 서울 방문

<합스부르크 600, 매혹의 걸작> 전시회를 다녀와서

　다소 설레는 마음으로 국립중앙박물관에서 전시하는 '합스부르크 600년 전'을 보러 갔다. 끝이 보이지 않는 줄을 보고 소문대로 전시회의 인기를 실감할 수 있었다. 전시장 입구 외벽에는 미술사에서 가장 유명한 공주의 대형 포스터가 주위를 환하게 했다. 화첩에서 자주 보았던 얼굴임에도 이름 대신 피자 이름만 입 안에서 맴돌았다. 어찌 매번 '마르게리따' 피자와 '마르가리타' 공주를 헷갈리는지.

　전시장 안 초상화들이 걸려있는 방에선 이름만 들어도 존재감이 하늘을 뿜뿜 찌르는 합스부르크가의 대표적인 여걸들이 화려한 모습으로 방문객들을 맞이하고 있었다. 오스트리아의 국모로 추앙받는 '마리아 테레지아.' 그녀의 딸인 프랑스 루이 16세의 왕비 '마리 앙투아네트.' '씨씨'라는 애칭으로 오스트리아 국민들에게 가장 사랑받는 왕비 '엘리자베트.' 하나같이 우아하고 기품 있는 자태를 뽐내며 보는 이들의 시선을 빼앗아 갔다.

이런 걸출한 여인들 속에서 스페인의 어린 공주가 어떻게 전시회의 상징 인물로 선정된 것일까? 오스트리아와의 수교 130주년을 기념하는 특별전이기에 어찌 보면 오스트리아의 국격을 높인 통치자 마리아 테레지아가 적격일 수도 있을 텐데, 마르가리타 공주도 나중에 신성 로마 황제와 결혼하여 오스트리아의 황후가 되지만, 마리아 테레지아든 엘리자베트든 이의를 제기할 사람은 없었을 것이다.

공주의 그림을 보고 스페인 마드리드 프라도 미술관에 걸려있는 벨라스케스의 대작 '시녀들'이 오버랩되면서 주최 측의 의도를 엿볼 수 있었다. 화가가 어떤 생각을 가지고 그렸는지 아직도 많은 비밀을 간직한 그림, 예술가와 평론가들이 세상에서 가장 위대한 그림으로 인정한 명작, 스페인이 가장 아끼는 작품으로 해외 전시를 절대 허용하지 않는다는 대작 '시녀들.' 그림 속 주인공인 공주를 전시회의 마스코트로 정한 것은 어찌 보면 탁월한 선택으로 보인다. 다른 황후들과 비교해 무거움이라곤 찾아볼 수 없는 가장 친근한 얼굴이니까. '시녀들'에서의 모습과 비슷한 포즈로 정면을 응시하고 있는 공주는 5세 때 초상화다. 장차 오스트리아의 황후가 될 공주에게 관심이 많은 합스부르크가의 요청에 의해 그려졌다고 한다. 당시, 카메라가 있었다면 사진을 찍어서 보냈을 텐데 카메라가 나오기 이전이라 아이러니칼하게도 이런 명작이 탄생하게 된 것이다.

11명의 인물 중 화폭 중앙에 배치된 공주가 주인공처럼 보이는 '시녀들'이 단체 사진이라면, 혼자 그려진 그림 '흰옷을 입은 마르가리타 테레사'는 공주의 독사진처럼 보여서 오롯이 공주에 집중할 수 있다. 반짝거리는 금발에 두툼한 볼살이 뚜렷한 공주의 귀여운 모습에 사람들은 한동안 그림 앞에서 떠날 줄 몰랐다.

합스부르크 가문은 사라졌지만, 가문이 남긴 찬란한 유산 덕에 반나절 동안 눈이 호강했다. 전시 작품에는 초상화, 공예품, 일반 회화 외에 남성의 전유물인 갑옷도 포함되어 관심을 끌었다. 갑옷은 전투를 위해서만 입었던 건 아니고 당시 남성들이 즐기는 패션으로 가장 비싼 물건 중 하나란 사실도 처음 알았다. 비싼 돈을 주고 사서 전투용이 아니라 폼으로 입고 다니다니. 이걸 어찌 해석해야 할까. 보기와는 달리 무겁지 않아서 가능했을 것이다. 이를 증명이라도 하듯

황제가 입었다는 갑옷에는 리본 장식까지 멋지게 달려 있었다. 작품과 관련된 역사적인 배경지식을 알고 보니 감상하는 재미가 있고 집중도 잘 되었다.

하지만 도저히 이해할 수 없는 부분도 있었다. 혈통의 순수성을 유지하겠다며 근친혼을 고수해 왕족들이 대부분 턱이 나오고 얼굴이 길어지는 유전병에 시달렸다고 한다. 인간이 한편으론 얼마나 어리석은지, 합스부르크 가문은 예술적 안목은 있었을지언정 현명하지는 못했다는 생각이 들었다. 고작 22살의 나이에 세상을 떠난 마르가리타 공주도 턱이 나오는 유전병을 피해 갈 수 없었다고 한다.

전시장을 나오는 순간, 예상치 못한 작품을 만났다. 이역만리 빈 미술사 박물관에서 공수해온 조선의 갑옷과 투구였다. 이순신 장군이 입었을 법한 투구와 갑옷이 의젓하게 한 자리를 차지하고 있었다. 고종 황제가 오스트리아와의 수교를 기념해 오스트리아 합스부르크가 황제에게 보냈던 선물이란다. 입구 쪽에는 유럽 기사의 갑옷, 출구 쪽엔 조선시대의 갑옷을 전시함으로써 어떤 메시지를 전달하려는 것 같아 큐레이터가 얼마나 세심하게 전시회를 준비했는지 느낄 수 있었다.

합스부르크 왕가 600년과 조선왕조 500년, 유럽과 동아시

아에 있던 두 왕조는 사라졌지만 "예술은 영원하다"라는 단순한 메시지를 전하려 했던 것만은 아닐 것이다. 내가 본 것은 합스부르크 가문의 화려한 영광이었지만, 큐레이터가 마르가리타 공주를 통해 보여주고 싶었던 것은 비극적으로 마감한 가문의 그늘이 아니었을까.

세
상
의

기
원

세상 밖으로 나와

초록의 품에서 놀고

초록 속으로 스며드는

여행을 기억하는 방식

나는 느낌과 문장으로 기억한다

오래전, 중앙 일간지에서 주관하는 여행 작가 아카데미 과정에 등록한 적이 있다. 이미 강좌를 수강했던 여행 마니아 외사촌 동생의 추천이 있었다. 강의 내용이 알차고 강사진이 화려하다는 이유였다. 여행과 관련된 일을 하는 작가, 기자 등을 초빙해 일주일에 한 번씩 3개월 동안 강의를 듣는 과정이었다. 수강생들은 대부분 여행작가를 꿈꾸는 작가 지망생들이었다. 대학생, 회사원, 주부, 60대 어르신 등 하는 일이나 환경은 천차만별이었지만 여행을 좋아한다는 점에서 그런 건 전혀 고려의 대상이 아니었다. 남미나 아프리카 오지까지 다녀왔을 정도로 여행을 좋아하는 여행 고수들도 있었다.

강사진들도 한 번쯤 방송에서 이름을 들어본 적이 있는 분들이었다.『바람이 분다. 당신이 좋다』라는 여행 산문집을 낸 이병률 시인도 포함되어 있었다. 시적인 책 제목, 하늘색 표지, 세계 여러 나라의 여행지에서 찍은 감성적인 사진, 맛깔난 문장들이 담긴 책의 저자. 책을 읽고서 작가는 어떤 사람일까 궁금했던 참이었다. 강사진에 그가 포함된 사실을 알고 어찌나 기쁘던지. 여행작가가 된다는 것은 그다지 내 관심사항이 아니었다. 어떤 글이든 쓰는 원리는 비슷하다고 생각했기에 여행에 대한 글이라고 특별한 비법이 있다고는 보지 않았기 때문이다. 그저 꾸준히 책을 읽고 생각하고 쓰는 것 외에 달리 방법이 있을까.

드디어 이 시인이 강의하는 날이 되었다. 숱하게 다녔을 여행지에서 보고 들은 세상의 비밀을 모두 풀어놓을 거란 기대감 속에 그를 만났다. '아니, 사람이 저렇게 멋있어도 되는 거야?' 시인은 책의 내용처럼 가보고 싶은 곳은 언제든 바람처럼 떠돌아다니는 로맨티스트였다. 내가 읽었던 그의 책과 많이 닮아 있었다. 본인이 다녀온 여행지에 대한 소개뿐만 아니라 책에 쓰지 않은 이야기, 여행지에서 있었던 일, 특별한 인연 등 타임머신을 타고 그 당시 여행지에 다시 가서 갓 태어난 이야기를 채집해 들려주었다. 세계 일주에 대한 막연한 환상이 있었는데 굳이 세계 일주가 아니라도 이 시인은 세상 어디든 고개 넘어 이웃 동네 마실 가듯 훌쩍훌쩍 다니고 있는 것 같아 부럽기만 했다.

이 시인의 강의뿐만 아니라 다른 분들의 강의도 여행의 고수들답게 유익한 내용이 많았다. 신민식 사진작가의 느낌 있는 사진 촬영에 대한 이야기, 조성하 기자의 여행 기사 작성에 대한 강의, 태원준 여행 작가의 스토리텔링에 대한 강의, 박찬일 셰프의 글 쓰는 셰프 이야기, 고두현 시인의 시처럼 글 쓰는 방법 등 여행의 맛을 다양하게 느낄 수 있는 고급 뷔페 같았다.

강좌를 수료하고 여행 작가는 되지 않았지만, 그 이후 자극을 받아 여행을 즐기는 방식의 변화가 있었다(언제나 그러하듯이, 난 감이 늦다).

어느 해 11월 주말 저녁, 눈발이 나리는 가운데 제천 의림지를 둘러싼 나무 데크를 걷고 있었다. 얼어붙은 호수와 하얀 옷으로 갈아입은 산봉우리가 장엄한 모습으로 내 앞에 서 있었다. 자연이 그린 산수화의 일부라도 된 기분이었다. 그때까지 마음 한쪽을 가리고 있던 그늘이 감쪽같이 사라졌다. 이병률 작가라면 이걸 무어라고 표현할까? 순간 머리의 수면 위로 떠오르는 문장 하나가 있었다.

'슬픔을 받아주는 어머니의 마음.'

혹시 잊을까 봐 스마트폰 메모 앱에 입력하고 저장했다. 그때 내가 본 것은 하늘의 슬픔을 넓은 가슴으로 받아주는 어머니의 모습이었다. 이후에도, 제천에 가서 의림지 주변을 걸으면 그때의 풍경과 이 문장이 떠오른다.

여행지에서 만난 대상들의 느낌을 기록한 문장은 때로 한 장의 사진보다 강하다. 눈길 한번 주고 사진만 찍고 다닌 여행은 시간이 지나면 사진을 다시 찾아보지 않는 한 잊혀진다. 올해는 유독 제천에서 보낸 시간이 많았다. 감성적인 여행 에세이를 쓰는 이 시인이 나고 자란 곳도 제천이다.

여
행
자

경계 없으니
평생을 떠돌다가 사라진들…
세상 구경 다, 하는데

선(線) 넘지 마세요

진심&적절한 거리

사랑하는 사람과의 거리 말인가?

대부도와 제부도 사이

그 거리만큼이면 되지 않겠나

손 뻗으면 닿을 듯, 그러나

닿지는 않고, 눈에 삼삼한

이재무 시인은 시 〈제부도〉를 통해 사랑하는 사람과의 거리에 대해 스스로 묻고 답했다. 시인은 연인들 사이의 거리를 "손 뻗으면 닿을 듯, 그러나 닿지는 않고, 눈에 삼삼한"으로 표현했다. 연인들 사이에도 적절한 거리가 필요하다는 뜻

이다. 연인들끼리 관계의 거리를 말하고 있지만 관계의 거리
가 어디 연인들만의 문제일까? 모든 관계에 적용해도 무리는
없어 보인다. 다만, 시를 아무리 읽어도 적절한 거리에 대한
감은 오지 않는다. "가깝지도 않게, 멀지도 않게"처럼 여전히
모호하게 읽힌다. 연인들 사이의 적절한 거리도 "대충 이 정
도일 거야. 정답은 없어" 하고 말하는 것 같다.

살아가면서 인간관계만큼 어려운 게 없다. 누구에게나 딱
맞는 정답이 없으니까. 관계의 거리조차 시의 내용처럼 애매
모호할 뿐. 오랫동안 알고 지냈다고 항상 관계가 좋으란 법
도 없고, 짧은 인연이라고 관계가 좋아지지 말란 법도 없는
만큼 관계는 참 난해한 수학 문제 같다. 고무줄처럼 질기게
보이는 관계도 한번 어긋나면 끊어지거나 회복하기 힘든 지
경에 이를 수 있다. 어떤 관계든 안전지대는 없다.

좋은 관계를 유지하기 위해서 '진심'과 '적절한 거리'가 필
요하다는 건 알겠는데 그게 말처럼 간단치 않다. 우선, 상대
의 마음을 가늠할 수 없을 때는 백약이 무효이기 때문이다.
자신의 마음도 잘 모르는데 상대방의 진심을 어떻게 알까?
적절한 거리는 어느 정도를 말하는 걸까?

상대가 호감이 가면 가까워지려고 애쓰는 게 인간의 본성
이다. 가까워질수록 상처받을 확률이 높아짐에도 가까워지

면 무슨 일이든 이해 못할 일이 없다고 상대방이 생각해주길 바라는 것도 문제다. 아무리 좋은 관계도 거리 조절에 실패하는 순간 지옥으로 바뀔 수 있다. 두 사람 사이의 관계에는 지옥과 천국이 공존하기 때문이다. 누구든 상대방에게 천국과 지옥을 맛보게 할 수 있고, 관계의 곡선은 언제든 가파르게 하락할 수 있다. 대부분 관계의 문제는 적절한 거리 조절을 못해서 발생한다.

태어나면서부터 관계의 바다에서 살고 있다. 부모 자식 관계, 형제자매 관계, 친구 관계, 연인 관계, 부부 관계, 직장 동료 관계, 사회에서 알게 된 이런저런 관계 등 다양한 관계가 우리의 일상을 지배한다. 나 역시 관계의 바다에서 일상을 보내고 있다. 파도를 타고 앞으로 나가기도 했지만, 파도에 휩쓸려 허우적거리기도 했다. 분에 넘치게 고마운 관계도 있었고, 적절한 거리 조절을 못해서 힘들었던 순간도 있었다. 관계는 언제나 어렵다.

글이나 책을 통해서도 새로운 관계가 만들어진다. 내 책에 관심을 가지고 읽어준 분들과는 작가와 독자라는 관계가 맺어졌다. 쓴소리를 하는 분도 당연히 고마운 독자다. 관심이 없으면 쓴소리조차 하기 어려울 테니까. 한편으로, 기존의 관계가 한 단계 업그레이드되기도 했다. 이제는 책이나 글을 통해서도 소통하는 친구, 선후배님, 회사 동료들 특히, 글을 꼼꼼히 읽고 세심하게 피드백해주는 벗 진수, 관심과 격려를 아끼지 않는 주위의 지인들, 출간 시집에 추천사를 성의 있게 써준 이병일 시인님, 책을 성의 있게 만들어주신 출판사 대표님들 등이 그런 관계다.

　책이나 글을 통한 작가와 독자라는 관계가 그나마 쉬워 보인다. 마음을 글로 표현했으니 독자들에게 진심을 보여준 것이고, 책을 읽은 독자들의 반응만큼 거리가 형성된 거니까. 작가의 입장에서 자신의 진심을 알아달라고 호소하거나 독자와의 거리를 어느 정도 유지할지 머리를 쓸 필요도 없다. 그런 마음을 글에 쏟아부어 좋은 작품으로 보여주면 되니까. 모든 관계를 이처럼 간결하게 풀어갈 수만 있다면 얼마나 좋을까.

관
계

너무 멀어도
너무 가까워도

눈앞에 드러난
마음의 거리

기차는 추억입니다

장항선, 서부역&청소역

어린 시절 추억의 정점에 기차가 있었다. 기차의 창가 쪽 자리는 언제나 내 차지였다. 움직이는 사각의 화폭을 통해 파노라마처럼 펼쳐지는 풍경을 눈에 담았다. 기차 안에서 마음은 구름처럼 부풀어 올랐다.

어머니께서 세상을 떠나시고 한동안 마음을 추스르지 못했다. 어디선가 살아 계실 것만 같았다. 걷기에 집중할 때 그나마 마음이 좀 안정되었다. 퇴근하고 집에 오면 주변 공원이나 중랑천변 길을 걷는 게 일상이 되었다. 그렇다고 어머니에 대한 그리움, 좀 더 잘해드리지 못한 아쉬움 등이 해소된 것은 아니었다.

막내 이모와 연락이 되어 오랜만에 보령에 가게 되었다.

어릴 때 완행열차를 타고 어머니와 함께 외가를 가곤 했던 기억이 떠올랐기 때문이다. 보령은 어머니께서 태어나고 어린 시절을 보낸 외가가 있던 곳이다. 외할아버지, 외할머니께서는 오래전에 돌아가셨지만 막내 이모를 포함해서 서너 분의 외가 친척들이 고향에 여전히 머무르고 계셨다. 용산역에서 대천역으로 가는 무궁화호를 탔다.

초등학교 다닐 때 방학만 되면 어김없이 서울을 떠나 보령 외가(정확히 말하면, 보령군 청소면)에 갔다. 그때는 서울역 서쪽에 있는 서부역에서 기차를 탔다. 과수원에 가서 참외를 따 먹거나 근처 냇가에서 멱감기, 때론 좀 떨어진 대천 해수욕장에 가서 물놀이 등 서울에서 체험할 수 없는 즐길거리에 외가 방문은 우리 형제들에겐 최고의 이벤트였다. 좌석도 지정되지 않은 완행열차에 3시간 이상 끼어 앉아 가는 건 고통이었지만, 그나마 참을 수 있었던 건 천안역을 지날 때쯤 호두과자가 기다리고 있기 때문이었다.

"천안 명물 호두과자 사시오."

열차 내를 오고 가는 판매원의 목소리에 귀를 쫑긋 세우면 어머니는 지갑에서 꼬깃꼬깃한 지폐 몇 장을 꺼내서 외가 식구들에게 선물할 것까지 포함해서 값을 치르셨다. 입 속에 넣고 오물거리면 한 봉지가 금세 비워졌다. 천안 호두과자는

완행열차를 타고 가며 맛보는 유일한 즐거움이었다. 청소역
(지금은 폐역)에 도착하면 열차 시간에 맞춰 나온 이모들이
나 외삼촌이 우리를 반겨주셨다.

기차에 대한 그때의 추억 때문일까? 보령의 막내 이모댁
에 다녀온 이후, 주말마다 기차를 타기 시작했다. 누가 기다
리기라도 하듯, 주말 아침이면 청량리역으로 향했다. 지난주
는 양평, 이번 주는 용문, 다음 주는 원주 이런 식으로 하다
보니 정선, 태백까지 계속 이어졌다. 기차에서 내리면 하염없
이 걸었다. 양평 용문사, 제천 의림지, 영월 청령포, 정선아우
라지 장터, 원주 박경리 문학관, 태백 황지연못 등 이전부터
귀에 익숙한 곳들을 강물처럼 흘러 다녔다.

뇌출혈로 고생하신 어머니는 돌아가시기 전까지 하루 종
일 침대에 누워 계시는 게 일상이었다. 가끔 옆에서 간병하
다 보면 어머니는 화장실에 가야 한다며 몸을 일으켜 달라고
하셨다. 혼자서 일어나지 못하실 정도라 걷는 것도 불가능했
다. 어머니의 성화에 못 이겨 몸을 일으켜 드리면 그다음은
신발을 신겨 달라고 하셨다. 하지만 딱 거기까지였다. 걸을
수 없으셨으니까. 그렇게 걷고 싶어하셨는데, 어머니는 그런
상태에서 우리 곁을 떠나셨다. 어머니를 통해 걷는다는 게
얼마나 큰 축복인지 새삼 깨달았다. 어머니의 세계는 하루

종일 누워 계신 침대가 전부였으니까.

"어머니, 이제 저랑 원 없이 걸어요."

기차를 타고 도착 역에서 내려 어딘가를 걸을 때는 그때 그 상황의 어머니가 떠올라서 어머니와 함께 걷는다고 생각했다. 어머니는 내 마음의 고향이기도 했다. 고향이 사라진 마당에 편한 곳은 어디에도 없었다. 반대로, 가슴에 어머니를 품고 다니다 보니 어디든 고향이 되었다.

기차는 내 힘들었던 시기, 방황의 시작과 끝을 함께 했다. 기차가 없었다면 규정된 노선을 벗어나 어디로 튈지도 몰랐고 그 시기를 잘 버텨내지 못했을 것이다. 정해진 노선을 따라 정해진 시간에 나를 태우고 내려주고 원래의 자리로 데려다주었다. 어린 시절뿐만 아니라 어려운 시기에도 내 곁을 지켜준 친구, 기차는 어머니와 함께한 추억이었고 믿음이었다.

자
리
탓

사는 게
뭐 그리 힘들다고…

여기서 보면
평화롭기만 한데